우주에서 온 소녀의

21세기

암
행
어
사

6

우주에서 온 21세기 암행어사 ❻

발행일   2023년 1월 20일

지은이   김으겸
펴낸이   손형국
펴낸곳   (주)북랩
편집인   선일영   편집   정두철, 배진용, 김현아, 윤용민, 김가람, 김부경
디자인   이현수, 김민하, 김영주, 안유경   제작   박기성, 황동현, 구성우, 권태련
마케팅   김회란, 박진관
출판등록   2004. 12. 1(제2012-000051호)
주소   서울특별시 금천구 가산디지털 1로 168, 우림라이온스밸리 B동 B113~114호, C동 B101호
홈페이지   www.book.co.kr
전화번호   (02)2026-5777   팩스   (02)3159-9637

ISBN   979-11-6836-682-4 04810 (종이책)   979-11-6836-659-6 04810 (세트)
         979-11-6836-683-1 05810 (전자책)

(주)북랩 성공출판의 파트너
북랩 홈페이지와 패밀리 사이트에서 다양한 출판 솔루션을 만나 보세요!
홈페이지 book.co.kr • **블로그** blog.naver.com/essaybook • **출판문의** book@book.co.kr

작가 연락처 문의 ▶ ask.book.co.kr
작가 연락처는 개인정보이므로 북랩에서 알려드릴 수 없습니다.

김으겸
판타지
장편 소설

6

벽
도
전
자
회
장
외
동
딸

우주에서 온 소녀의
21세기
암
행
어
사

6

북랩

목차

제10장

청유회

"보여드릴 것이 있습니다!"

혜리향이 영미를 보며 입가에 미소를 머금고 말했다.

"아! 그래요?"

영미가 물었다.

"절 따라오십시오!"

혜리향이 앞장서서 걸었다.

영미도 혜리향을 따라 천천히 걸어갔다.

그 뒤를 체슈틴과 벽화이도가 따라갔다.

황궁 내 가장 깊숙한 곳.

막강한 백타성 방위군들에 의해 철저히 출입이 통제되고 있었다.

철로 된 완고한 건축물.

현관문 역시 두꺼운 철로 이루어져 있었다.

혜리향은 영미를 그곳으로 안내했다.

건물 현관문이 자동으로 열리고 그 안에 역시 방위군들이 무장을 한 채 경비를 서고 있었다.

그런 현관문을 3개를 지나고 난 후

넓은 실내가 나타났다.

실내 벽면엔 길이가 1미터 정도 되고 넓이 30센티 정도의 나무를 깎아 그 위에 글을 새긴 액자형 간판이 붙어있었다.

그 간판에는 이렇게 쓰여 있었다.

우주의 평화는 영원하다. 청유회.

청유회 백타성 연구실이다.

그 간판 밑에는 둥근 손잡이형 버튼이 3개가 있는데,

색깔이 모두 틀렸다.

빨간색.

초록색.

흰색.

혜리향이 초록색 버튼을 눌렀다.

벽면 하나가 전체 스크린처럼 변하며 영상이 나타났다.

영상에는 우주선이 나타났다.

"새로 개발을 한 우주선입니다! 전에 천국성에서 사용하던 우주선과 우리 백타성에서 사용하던 우주선의 속도가 빛의 속도였지만 너무 느리고 더 먼 우주까지 가려면 시간도 고통도 따랐지요. 해서 새로운 연료를 감찰어사님께서 찾아 주신 덕택에 빛의 1.5배 속도의 우주선을 만들 수 있었습니다. 물론 우주를 통틀어 우주선이 빛의 1.5배 속도를 유지하려면 특수한 광물질이 필요한데, 그 광물질이 우리 백타성에서만 난다는 것이 다행이구요. 탑승자들이 속도 때문에 느끼는 고통을 해소하려고 이중 공간을 우주선 안에 설치하여 고무줄처럼 사람이 탄 공간은 신축성이 뛰어나 속도에 100분지 1 정도만 겨우 느낄 정도로 만들었습니다. 그러나 그 100분지 1의 속도라 해도 탑승자들의 고통은 심하므로 더욱 연구하여 1,000분지 1의 속도만 탑승자에게 전달되도록 만들 계획입니다.”

혜리향이 스크린을 보며 영미에게 설명했다.

영미도 체슈틴도 벽화이도 역시 놀라는 표정을 지었다.

“1,000분의 1정도라 해도 압력이 만만치는 않죠. 이중으로 우주선을 만들어서 안 되면 삼중으로 해서 탑승 인원은 줄이더라도 편한 우주여행이 되도록 하는 게 좋을 것입니다!”

영미가 말했다.

“과연……! 감찰어사님은 대단하십니다! 그렇지 않아도 삼중 공간으로 우주선을 만드는 설계를 진행 중입니다!”

혜리향이 말했다.

“인체 연구는 진척이 있습니까?”

영미가 혜리향에게 물었다.

체슈틴이 영미의 물음에 크게 관심을 갖고 혜리향을 바라보았다.

“먼젓번 요정 소녀들을 살릴 때 우리 백타성민들은 특수한 혈액을 갖고 있어서 서로 혈을 주고받지는 못하지만 형을 만들 수 있다고 하셨기 때문에 꾸준히 연구를 하고 있지만 그 방면엔 아직 이렇다 할 진척은 없고요. 생명을 10년 연장시키는 방법을 알아내시어 가르쳐주신 덕택에 조금 더 진척이 있어서 우리 백타성민들이 앞으로는 60세까지도 삶을 연장할 수 있을 것 같습니다! 조금 더 연구를 하면 그 이상도 가능해 보이고요!”

혜리향의 대답을 듣고 가장 기쁜 표정을 짓는 사람은 역시 체슈틴이다.

영미도 기쁜 마음으로 고개를 끄떡거렸다.

“아! 그리고 감찰어사님이 주문하신 전용 우주선은 이미 완성됐습니다. 탑승 인원 3인 속도 빛의 1.2배 조종은 감찰어사님만 할 수 있으며 지능이 아주 뛰어나고 감찰어사님과 마음이 통하는 인조인간적인 조종 기계가 삽입되었습니다."

헤리향이 자랑스럽게 말했다.

"인조인간적인 조종 기계라면?"

체슈틴이 헤리향에게 물었다.

"감찰어사님이 머물라 하시면 우주에 머물다가 탑승을 원하실 때엔 감찰어사님 곁으로 가는 우주선입니다. 그러하므로 우주선을 지키거나 보관. 감추는 그런 수고를 없앤 것입니다. 또한, 스스로 장애물을 피하고 스스로 방어를 하거나 공격을 하는 전투용 우주선이기도 합니다. 무기로는 비폭 31이 20기가 장착된 우주선입니다."

헤리향이 말했다.

"비폭 31은 뭐죠?"

벽화이도가 체슈틴을 바라보며 물었다.

"폭탄이라고 보면 돼요. 1기면 별 반쪽은 불바다로 만들 수 있는 가공할 무기죠."

체슈틴이 설명했다.

"우아! 그렇게 무시무시한 무기를 20기나!"

벽화이도가 입을 크게 벌렸다.

놀라움이 컸던 모양이다.

"크기는 주먹만 하지만 폭발 위력은 대단하죠. 아마도 천국성 정도는 비폭 두 개면 산산이 부서져 날아갈 거예요."

헤리향이 어깨를 으쓱하면서 말했다.

"그래서 백타성 방위군이 우주에서 1~2위를 다투는 막강한 힘을 자랑한다 했군요."

벽화이도가 알겠다는 듯 고개를 끄떡이며 말했다.

"감찰어사님을 호위하려는 뜻에서 새롭게 개발한 무기에요. 방위군에 선 아직 비폭 30만 보유하고 있어요. 위력은 비폭 31의 반 정도구요."

혜리향이 설명했다.

"벽화이도님은 이제부터 로봇개발실로 가시도록 하세요."

혜리향이 벽화이도와 영미를 번갈아 보며 말했다.

영미가 고개를 끄덕거렸다.

"알겠습니다!"

벽화이도는 공손히 대답했다.

혜리향이 붉은색 손잡이를 누르자 벽면이 열리며 통로가 하나 나타 났다.

벽화이도는 영미와 혜리향에게 공손히 고개를 숙여 인사를 하고 그 통로 속으로 사라졌다.

"이제 백타성 감찰어사부 직원 채용 시험 결과를 보러 갑시다."

영미가 혜리향과 체슈틴을 보고 말했다.

"네! 가시죠!"

혜리향이 손으로 영미가 앞장서라는 손짓을 했다.

영미는 밖으로 천천히 걸어 나갔다.

체슈틴이 그 뒤를 따르고 혜리향이 맨 나중에 나왔다.

백타성 감찰어사부 직원 채용은 5개 부서로 나뉘어 모집을 했다.

1. 수사과 100명.

2. 우주선개발과 50명.

3. 로봇개발과 50명.

4. 특수 경호과 50명.

5. 생명공학과 50명.

총 300명을 모집하고 있었다.

로봇개발과만 빼면 이름만 틀릴 뿐 천국성 부서와 비슷하다.

백타성에선 50%를 필기 시험에서 더 합격시켰다.

면접에서 떨어뜨릴 인원을 추가로 뽑은 것이다.

면접 날이 됐다.

면접관으로는

영미,

체슈틴,

혜리향,

그리고…

제2 왕자,

제3 왕자.

제3 왕자는 영미를 만나자 반가워하며 악수를 청했다.

제3 왕자는 영미를 우주 공항에서 만났던 인연을 내세워 저녁 식사를 초대했다.

요정국왕.

백타성 방위군 사령관.

백타성 치안국장.

백타성 정보국장.

그렇게 9명이었다.

9명을 3명씩 3개 조로 나뉘어 면접실로 배정됐다.

영미, 체슈틴, 헤리향은 로봇개발과, 생명공학과. 두 개 부서를 담당했다.

요정국왕, 제3 왕자, 제2 왕자는 우주선개발과만 담당했다.

방위군 사령관, 정보국장, 치안국장은 수사과와 특수 경호과를 맡았다.

영미가 관심을 가졌던 지류단경은 로봇개발과를 지원했다.

로봇개발과 면접 8번째로 지류단경이 면접실로 들어왔다.

앙증맞은 얼굴에 초록색 머리칼을 길게 두 갈래로 묶은 아주 귀여운 소녀였다.

눈도 크고 코도 오뚝했다.

"로봇개발과를 지원한 이유를 물어도 될까요?"

영미가 제일 먼저 질문을 했다.

"저와 똑같은 로봇을 하나 만들어서 쌍둥이 행세를 한번 해보려고요."

지류단경은 두 눈을 반짝이며 재치 있게 유머를 발휘했다.

"만약 호위를 위한 로봇을 만들라고 하면 어떤 모양으로 만들고 싶나요?"

다시 영미가 질문을 했다.

"귀엽고 예쁜 나비로 만들고 싶네요. 너무 예쁘고 귀엽고 작은 나비라면 누구도 경계를 하지 않을 테니 말이죠."

지류단경이 미소를 지으며 대답했다.

"흠……!"

영미는 고개를 끄떡거렸다.

"봉사를 위한 로봇이라면 어떤 것이 좋을까요?"

혜리향이 질문을 했다.

"밥하고, 청소하고, 설거지하고, 심부름까지 하는 종합적인 로봇이 좋을 것 같네요."

지류단경이 대답했다.

"이유는?"

혜리향이 다시 질문했다.

"집안에 청소하는 로봇, 밥하는 로봇, 설거지 하는 로봇, 잔심부름 하는 로봇. 너무 로봇이 많아서 자리를 많이 차지하고 관리도 힘들고 그렇잖아요. 하나로 통합하면 간편할 것 같아서요."

지류단경이 대답했다.

"흠……!"

혜리향도 고개를 끄떡거렸다.

면접시험은 그렇게

어둠이 밀려오는 저녁 무렵까지 계속됐다.

그리고 30분 정도 시간 차이를 두고 최종 합격자 발표가 이루어졌다.

영미는 제3 왕자가 초대한 저녁 식사에 참가하기 위해 서둘러 황궁으로 향했다.

"……!"

저녁 식사 초대를 받고 황궁 제3 왕자 궁에 도착한 영미는 황당했다.

저녁 식사에 초대된 사람은 오로지 영미 혼자뿐이기 때문이다.

"어서 와요! 내 이름은 피민이라 합니다."

제3 왕자가 영미를 향해 악수를 청했다.

비록 두 번의 만남이 있었지만 정식으로 인사는 첨이었다.

"정영미라고 합니다!"

영미도 자신의 이름을 말하고 악수를 했다.

헤리피민.

제3 왕자 이름이다.

"하하…… 이름은 미리부터 알고 있었습니다. 오늘 저녁 초대를 한 것은, 나이도 저와 같은 동갑이고 해서…… 앞으로 친구 했으면 하는 생각에서."

헤리피민이 웃으며 영미를 자리에 앉으라고 의자를 뒤에서 당겨주며 말했다.

"좋은 생각입니다! 왕자님과 친구라. 영광입니다!"

영미가 자리에 앉으며 말했다.

"그럼! 허락하신 거죠?"

헤리피민이 확인하듯 물었다.

"네!"

영미가 대답했다.

"하하…… 감사합니다! 아! 그럼 지금부터 우리 말 놓을까요?"

헤리피민이 화통한 성격답게 영미 의견을 물었다.

"좋아!"

영미가 먼저 말을 놓았다.

"하하…… 친구가 돼 줘서 고마워! 자! 어서 한잔 받아!"

헤리피민이 술잔을 영미에게 내밀었다.

영미가 받아 든 술잔에 하얀 술을 가득 따르고 자신도 술잔을 들고 영미에게 따라 달라는 행동을 보인 헤리피민은 입가에 미소가 가득 피어나고 있었다.

"자! 우리의 우정을 위해 건배!"

서로 술잔을 들고 건배를 했다.

"흠! 무슨 술인지 향이 좋아!"

영미가 술을 단숨에 삼키고 입맛을 다시며 말했다.

"조이타린이라는 산이 있는데 그곳에서만 자라는 난이 있어. 백난초 라고. 그 꽃으로 담근 술이야! 1년에 꽃을 겨우 바구니로 하나 정도 따는데 작년엔 반 바구니밖에 못 땄어!"

헤리피민이 아쉽다는 표정으로 말했다.

"왜?"

영미가 물었다.

"나보다 한발 빠른 사람이 있었거든. 하하……."

헤리피민이 재미있다는 표정으로 웃었다.

"……!?"

영미는 헤리피민 표정을 보며 의아한 표정을 지었다.

"바로 누나 헤리향. 하하…… 뭣에 쓰려고 꽃을 따갔는지는 몰라 말 을 안 해서."

혜리피민이 말을 하면서 즐겁게 웃었다.

조이타린이라는 산은 황궁 소속이므로 일반인들은 출입이 엄격히 통제돼있다.

영미는 그런 사실을 알 리 없었다.

(이 고기는?)

영미가 고기를 젓가락으로 한 점 들어 먹으며 물었다.

쫄깃쫄깃하면서도 부드럽게 씹히는 것이 맛도 좋았다.

"하하…… 여기서 우주선으로 한나절이면 갈 수 있는 별. 밀용성(密茸星)에 가면 바다 위로 떠다니는 동물이 있는데 우린 그 동물을 저돌치라고 부르지. 그것을 잡아 가지고 온 것이야."

헤리피민이 자세히 설명했다.

"아! 밀용성."

영미는 언젠가 전임 감찰어사부 노인들이 달랑 편지 한 장 써 놓고 밀용성을 정찰하러 간다고 했던 그 편지 내용을 떠올렸다.

"왜? 밀용성은 왜? 가봤어?"

헤리피민이 물었다.

"아니! 들어본 것이 전부야. 넌 자주 거길 가나 봐?"

영미가 되물었다.

"응! 그곳에 수상한 흔적들이 있어서 자주 정찰을 하는데. 아직은 수확이 없어! 해의연이라는 1개 나라가 존재하는데. 밀용성엔 그 해의연에만 인간이 살아."

헤리피민이 음식을 먹으며 말했다.

"수상한 흔적?"

영미가 전임 감찰어부 노인들이 글로 남긴 수상한 흔적이란 단어를 떠올리며 물었다.

"진야성 알지?"

헤리피민이 되물었다.

"알지! 아직 가본 적은 없지만."

영미가 말했다.

진야성(眞野星)

토양이 좋고 기름진 땅.

넓은 들로 이루어진 별.

마치 분지처럼 높은 산이 외부 바람을 막아주며 가운데 끝이 보이지 않는 들판을 형성하고 있는 별.

천국성에서 빛의 열 배 속도로 이틀 정도 가면 당도하는 별이다.

백타성 방위군이 우주에서 1~2위를 다툰다 하는 것은 바로 그 진야성 때문이다.

진야성 호위군은 막강하다.

당연 우주에서 그 힘은 1위다.

과학과 농업 분야에선 백타성보다 적어도 100년은 앞서있다.

약 30억 명이 살고 있는 큰 별.

그들의 신체 구조도 인간과 흡사하지만 눈이 앞뒤로 있고 귀가 없다.

날개는 없지만 하늘을 자유롭게 날아다니는 과학의 힘을 갖고 있으며.

머리에 더듬이처럼 생긴 것이 귀와 코 역할을 한다.

다리는 두 개지만 팔이 세 개로 앞에 두 개 뒤에 1개가 있어서 앞뒤로 자유롭게 방어와 공격이 가능하다.

체력 역시 우주에서 가장 강하다고 할 수 있다.

천국성에서 주로 사용하는 언어 내공.

그 내공으로 따지면 그들 체력은 평균 500년 내공은 갖고 태어난 인종이라 보면 맞다.

공포스러울 정도로 막강한 힘과 과학. 그리고 무기들.

그러나

백타성만큼 그들도 선량하다.

절대 싸우는 예가 없을 정도로 그들은 착하고 선량한 인종들이다.

"그 진야성 사람들이 밀용성으로 납치되어 사라졌지. 한두 번이 아니야! 진야성에서도 추적을 했지만 밀용성에 도착하면 감쪽같이 사라지거든. 지금까지 진야성 사람들이 1천여 명 정도 행방불명됐는데. 아마도 그게 거의 다 밀용성으로 납치됐다고 보고 있어!"

헤리피민이 말했다.

"그런 일이! 그렇다면 혹시……! 토목담향"

영미가 말했다.

"토목담향이라니?"

헤리피민이 얼른 물었다.

"생사인이라는 인체 해부학자라고나 할까. 사람을 자르고 붙여서 가장 강한 신체구조로 만드는 인간이었는데 그는 죽었지만, 그의 제자와 부인이 그의 능력을 전수받았는데 토목담향이 그의 부인이야. 체슈틴을 태어나게 만든 사람. 심효주 역시 그의 부인이었고."

영미가 아는 대로 설명했다.

"그래? 그렇다면 제자라는 자는?"

헤리피민이 다시 물었다.

"지구라는 별에 100년 전 임기응변으로 추방시켰다고만 들었어!"

영미가 말했다.

"지구? 아하! 우린 그 별을 어미별이라고 불러. 작은 별이 하나 그 별 주위를 돌고 있거든."

헤리피민이 말했다.

"그래, 그 지구 주위에 도는 별은 아직 생명체가 살지 않는 별이지. 달이라고 한다나. 킥킥……."

영미가 생글생글 웃었다.

"헉!"

헤리피민이 영미의 웃음에 잠시 정신이 혼미해져 오는 것을 느꼈다.

"저것이었어. 저 웃음이 큰형 태자님을 반하게 했던 웃음이야. 특이한 웃음이네."

헤리피민은 그렇게 느꼈다.

"……! 왜? 나를 그렇게 봐?"

영미가 헤리피민을 보며 물었다.

"아, 아니야! 하하……."

헤리피민이 호탕하게 웃었다.

"그 생사인이라는 사람이 뛰어났나 봐? 부인도 제자도 문제가 되니 말이야!"

헤리피민이 말했다.

"킥킥…… 뛰어나긴 하지. 어찌 보면 의학계의 이단아라고나 할까. 사람의 신체에서 가장 뛰어난 부위만 골라 몇십, 몇백 명을 죽여서라도 가장 뛰어난 사람 하나를 만드는 기술이니까……."

영미가 말했다.

"뭐어? 어찌 그럴 수가? 그건 사악한 의술이잖아?"

혜리피민이 무척 놀라는 표정으로 물었다.

"맞아! 사악한 인체학이지. 그 방면엔 가장 뛰어난 능력을 갖고 있었던 분이 생사인이야!"

영미가 말했다.

"분이라니? 그런 사악한 사람을."

혜리피민이 의아하게 영미를 바라보았다.

"킥킥…… 나도 그분의 제자거든. 킥킥…… 그분이 돌아가신 후 그분이 남긴 책을 봤으니깐."

영미가 말했다.

"아하! 이제 알겠다! 그래서 네가 요정국 소녀들을 살리는데 생명 연장을 시킬 수 있었던 것이구나?"

혜리피민이 알겠다는 표정으로 물었다.

"킥킥…… 그래! 난 될 수 있으면 사악한 방법은 사용하지 않고 좋은 방향으로 가려고 연구 중이야!"

영미가 말했다.

"너야 뭘 배우든 어때! 착한데. 하하……."

혜리피민이 영미를 보며 호탕하게 웃었다.

"킥킥…… 착하다는 소리는 많이 들었어. 킥킥……."

영미도 농담을 하며 웃었다.

"하하하…"

혜리피민도 웃었다.

저녁 식사가 끝난 후.

영미와 헤리피민은 뭔가 긴밀한 대화를 주고받았다.

그렇게 긴 대화를 마치고 영미와 헤리피민은 또 술자리를 함께했다.

오랫동안 술을 마신 헤리피민과 영미는 서로 어깨동무까지 하고 흥얼거리며 황궁 정원을 거닐고.

밤은 그렇게 깊어만 갔다.

다음날

영미는 체슈틴과 헤리향과 함께

백타성 감찰어사부 직원 채용 시험에서 가장 우수한 성적으로 합격한 4명을 별도로 불러서 대화를 갖고 있었다.

함초준, 모이겸진, 지류단경, 주주덕하.

이렇게 4명이었다.

지류단경만 빼고 모두 20대 남자들이었다.

함초준의 날개는 파란색이 특이했지만 얼굴은 평범했다.

백타성 전통 농민가의 혈통으로 믿을 수 있는 청년이었다.

모이겸진은 엄청난 미모를 자랑하는 여인 같은 남자였다.

백타성 전통 미용가의 혈통으로 역시 믿을 수 있는 남자였다.

주주덕하는 헤리향과 혼담이 오가는 왕가의 핏줄이었다.

역시 4명과 대화도 긴밀하게 이어졌다.

"기존의 우주선을 만드는 틀에서 벗어나서 새로운 우주선을 만들어 봅시다."

영미가 먼저 말을 했다.

"제 생각으로는 10여 개의 우주선이 결속했다가 흩어지기도 하는 그런 우주선이 필요하다고 생각해요."

지류단경이 일어나 말을 했다.

"오! 그것참 새롭네요."

혜리향이 환하게 웃으며 말했다.

"구체적으로 말을 하면요?"

영미가 지류단경을 보고 물었다.

"불가사리를 모델로 삼아 봤어요. 둥근 본체에서 불가사리 같이 길게 10여 개 통로가 사방으로 늘어서 있고 그 통로 끝에 작은 우주선들이 자석처럼 붙어서 10여 개의 엔진을 이용 운행을 하다가 정비나. 비상시 분리해서 각자 고치고. 다시 붙어서 운행하는 방식이죠."

지류단경이 자신의 생각이 어떠냐고 묻듯 영미를 바라보았다.

"좋은 생각입니다. 우주여행을 하려면 우주선도 여러 환경에 맞게 만들어야 한다고 봅니다. 지류단경님 생각처럼 10여 개 작은 우주선이 붙었다 떨어졌다 하는 것도 좋은 방법이긴 한데, 그 10여 개 작은 우주선 엔진이 각자 틀려야 한다는 겁니다. 뜨거운 공기를 연료로 쓰는 엔진과 찬 공기를 연료로 쓰는 엔진, 자력만 사용하는 엔진, 태양열이나 바람 같은 연료를 사용하는 엔진 등 우주공간의 여러 환경에 적응하기 위해선 그런 많은 엔진과 연료를 개발해야 할 것입니다."

영미가 말했다.

2시간 정도 대화가 오가고 간단한 식사가 있었다.

그렇게.

백타성 일을 마무리하고.

벽화이도를 백타성에 남긴 채.

영미는 천국성으로 돌아왔다.

영미가 천국성에 도착한 후 이틀 동안 자신의 거처에서 꼼짝도 안 하고 잠만 잤다.

영미가 잠을 자는 동안 자하경은 혼자서 바쁘게 이리 뛰고 저리 뛰고 바쁜 시간을 보내고 있었다.

"

누구와 결혼할 거냐고? 나를 사랑한다는 남자들이 이 지구를
비롯해 우주의 별들에도 많아. 우리별에도 많고. 나중에 나이가
되면 공개 경쟁을 통해 뽑으려고. 후후…….

"

제11장

우주여행

천국성 황궁.

무지개색이 찬란한 광채가 발하는 보석으로 된 탁자 위에 김이 모락모락 피어나는 찻잔이 두 개 놓여있고.

양쪽으로 두 사람이 앉아있었다.

한 사람은 젊은 청년이었고

한 사람은 늙은 할아버지였다.

"강철아!"

늙은 할아버지가 청년을 불렀다.

"네! 태상황전하!"

강철이 얼른 대답했다.

그런데,

태상황이라면 현재 황제의 아버지 아닌가.

"네가 태자가 된 후 당연히 갔다 와야 할 일이었으나, 차일피일 미루다가 이제야 결정했다. 선조님들 유지를 받들기 위해 지구로 네가 갔다 와야 되겠다. 기간은 1년이다. 1년 동안 선조님과 지구의 당시 임금님과의 약속을 이행하고 돌아와라! 지금부터 3개월간 준비를 하고 떠나도록 하여라."

태상황이 말했다.

태자 이강철.

다음 왕위를 물려받을 태자다.

"지구에서 주로 해야 할 일은 무엇입니까?"

강철이 물었다.

"네가 지구에 가서 현실에 맞게 행동하면 된다. 단 지구에 이득이 되는 일이어야 한다는 것이다."

태상황이 말했다.

"알겠습니다!"

강철이 대답했다.

"물러가거라!"

태상황이 찻잔을 들이키며 말했다.

"소손 물러가겠습니다!"

강철이 일어서서 고개를 숙여 인사를 하고 조용히 물러갔다.

영미는 천국성(天國星)에 돌아온 후 3일 만에 방에서 나왔다.

그것도 자하경은이 밥 먹으라고 깨워서 겨우 일어난 것이다.

"2일씩이나 잠을 자더니 이모 얼굴이 뽀송뽀송 예뻐졌네!"

자하경은이 영미 얼굴을 빤히 들여다보며 말했다.

"이틀이나 잤어? 내가?"

영미가 믿을 수 없다는 투로 물었다.

"웅! 피곤한 것 같아서 푹 자라고 놔뒀지. 헤헤……."

자하경은이 살짝 웃었다.

"잘했어! 킥킥…… 잠을 자면서 해야 할 일이 생각났거든."

영미가 생글생글 웃었다.

"뭐어?"

자하경은이 물었다.

"밥이나 먹고 알려줄게. 아, 배고파."

영미가 식탁 앞에 앉아서 숟가락을 들었다.

"헤헤…… 이틀 동안이나 잤으니 배고플 만하지."

자하경은이 얼른 밥통에서 밥을 떠서 영미 앞에 놓았다.

영미는 정말 배가 고팠다.

자하경은이 밥을 떠 주자마자 급하게 숟가락으로 밥을 떠서 먹기 시작했다.

"천천히 먹어. 물도 좀 마시고."

자하경은이 얼른 물을 떠서 영미 앞에 놓았다.

"경은이 보고 싶어서 어떡하지."

영미가 난데없이 그런 말을 꺼냈다.

"무슨 말이야? 내가 어딜 가기라도 하나?"

자하경은이 물었다.

"응! 지구라는 별에. 벽화이도와 함께 할 일이 있어."

영미가 말했다.

"자면서 생각했다는 것이 그거야?"

자하경은이 다시 물었다.

"응! 가져갈 것이 있어. 무영석이야."

영미가 말했다.

무영석.

다이아몬드석을 천국성에선 그렇게 부른다.

"무영석?"

자하경은이 의아한 표정을 지었다.

"웅! 지구라는 별에선 그것이 가장 비싼 보석이래. 너무 큰 것을 가져가면 의심을 받을 것이니 손안에 잡힐 정도 크기로만 자루로 가득 담아서 가지고 가. 5자루 정도만."

영미가 말했다.

"가지고 가서?"

자하경은이 물었다.

"넌 그것을 팔아서 지구에서 가장 돈이 많은 부자로 있으면서 돈을 대출해주는 장사를 하고 있어. 진짜로 지구인 행세를 하면서 절대로 신분을 노출 시키지 말고."

영미가 말했다.

"벽화이도는?"

자하경은이 물었다.

"웅! 따로 할 일이 있어!"

영미는 더 이상 이야기하기 싫은 모양이다.

자하경은 역시 더 이상 묻지 않았다.

"단, 둘 다 내 전용 우주선으로 데려다주고 올 테니까. 내가 갈 때까지 꾸준히. 넌 돈이나 모으고 있어. 무선 정보기(특수 컴퓨터)로 수시로 나와 연락은 할 수 있으니까. 무선 전화기(우주용 핸드폰)는 신분 노출이 될 우려가 있으니까 사용하지 말고."

영미가 말했다.

"알았어! 언제까지나 그래야 하는데?"

자하경은이 물었다.

"조만간 이곳에서 지구로 어사 파견을 할 것 같아. 100년 전에 소연님이 어사로 갔다가 실종돼서 다시 보낼 모양이야. 그들이 가기 전에 넌 그곳에서 자리 잡고 두 가지 일을 해줘야 해. 하나는 무영석을 팔아서 돈놀이를 하는 것이고 하나는 그 돈으로……."

영미가 갑자기 입을 다물었다.

그러나,

목소리는 여전히 자하경은에게 전달되고 있었다.

자하경은이 영미 목소리를 들으며 놀란 표정을 짓고 고개를 끄덕거리고 웃기까지 하였다.

"우주선을 내 전용으로 데려다주는 것도. 내 예감이 아마도 100년 전에 지구로 추방한 생사인 제자가 존재할 것 같아서야. 우주선을 뺏기면. 천국성으로 그가 돌아올 테니까 그걸 방지하려고. 킥킥……."

영미가 생글생글 웃었다.

"100년 전에 실종되신 소연님이 타고 간 우주선이 아직 그곳에 있을 텐데?"

자하경은이 물었다.

"아마도 없을 것이 확실해. 내 예상대로라면 당시 우주선이 못 쓰게 됐거나 폭발했거나 그랬을 것 같아. 그러니깐 돌아오지 못한 것일 테니까."

영미가 말했다.

자하경은도 고개를 끄떡거렸다.

"오늘 내가 벽화이도를 데리고 올 테니까. 내일 지구로 떠날 수 있도록. 무영석을 준비해줘! 먼 곳이니깐 음식도 준비하고."

영미가 말했다.

"알았어! 헤헤……"

자하경은은 몹시 설레고 있었다.

미지의 세계를 구경한다는 것이 얼마나 재미있는 일인가.

"한 사람을 더 데려갈 수 있는데. 누가 좋을까?"

영미가 물었다.

"어디다가 쓰려고?"

자하경은이 되물었다.

"네가 심심할까 봐!"

영미가 말했다.

"헤헤…… 고양이, 쥐 생각은. 난 혼자가 더 좋아! 헤헤……"

자하경은이 말했다.

"그럼 오늘 무영투 오빠의 변장술을 가르쳐 줄게."

영미가 말했다.

"응!"

자하경은이 대답했다.

어두운 밀실.

작은 창문에서 희미한 빛이 조금 흘러들어와 밀실의 상황을 조금은 알 수 있게 하였다.

검은 옷에 복면을 한 사람이 3명 나란히 서 있고 그 앞에 가늘어 보이는 여인이 발끝까지 긴 머리칼을 늘어뜨린 채 서 있었다.

여인은 복면인들과 대조적으로 하얀 소복을 입고 있었다.

"우린 이제부터 오로지 복수를 위해 살아간다. 너희 3천단은 지금부터 지구로 가라! 가서 지구로 어사 임무를 위해 갈 태자를 기다려 죽여라! 미리 만반의 준비를 하고 태자를 기다려라!"

여인이 말했다.

"알겠습니다. 대모님!"

복면인들은 일제히 대답하며 무릎을 꿇고 엎드렸다.

3천단은 뭐고

대모란 여인은 또 누구인가.

"정아도 데려가라!"

대모란 여인이 다시 말했다.

"복명!"

복면인들은 일제히 소리쳤다.

천국성으로 간 수민이 이야기

천국성에서 적응 교육을 받은 지 한 달.

"이제 교육은 끝났습니다. 이제부터 여러분은 천국성에 돌아다니셔 도 됩니다. 몰려다니시지 말고 각자 로봇을 하나씩 데리고 1명 또는 2 명씩 다니시면 됩니다."

자율진이 환하게 웃으며 말했다.

"수민이 이 친구를 버리진 않겠지?"

국영이 수민이를 보고 말했다.

"오호! 같이 다니자는 말을 그렇게 돌려서 하나. 정중히 부탁하는 것이 어때? 아니면 하나랑 다닐 것이니."

수민이가 장난스럽게 말했다.

"이 친구가 정말 난처하게 하는군."

국영이 손으로 머리를 긁적이며 말했다.

"킥킥…… 그럼 저하고 다니세요."

선리가 기다렸다는 듯 키득키득 웃으며 말했다. 웃음이며 말투까지 영미를 빼닮았다.

"이런! 전 이 천국성에서 살기 위해 돈을 다 사회에 헌납하려고 하는데. 뭘 먹을 게 있다고 저랑 다녀요?"

국영이 농담으로 말했다.

"조금만 주세요. 전 지구에서 살려고요. 김밥 장사나 하면서. 키득 키득……."

선리가 말했다 농담 같지는 않았다.

"엥? 왜? 지구에서?"

수민이가 의아한 표정으로 물었다.

"나를 제자로 받아주시는 조건에 포함돼있어요. 스승님께서 그 조건을 받아들여야 제자로 받아 주신다고. 이젠 언니라 불러야 하지만."

선리가 미소를 보이며 말했다.

"어찌? 그런 조건을?"

수민이가 어이가 없다는 투로 말했다.

"저도 몰라요. 그리고 저도 지구에 살고 싶고요. 부모님은 없지만 친구가 있거든요. 그 친구와 약속했어요. 같이 오래도록 친구 하기로."

선리가 말했다.

"아! 사랑하는 남자 친구로구나?"

하나가 얼른 알겠다는 표정으로 물었다.

"아니에요. 여자예요. 미미라고 있어요."

선리가 더 이상 말하기 싫은 모양이다. 말을 마치고 밖으로 나가버렸다.

"허…… 참."

국영이 손으로 머리를 긁적이며 선리를 따라 나갔다.

"그럼, 나는 하나와 같이 다니고."

수민이가 지수를 보며 말했다. 마치 넌 누구와 다니지 하는 눈으로.

"지수님은 저와 다니시면 됩니다."

머리를 두 갈래로 길게 땋은 소녀가 문으로 들어서며 말했다.

"독문의 최강 고수이신 심은지님이십니다."

자율진이 심은지를 소개했다.

"아! 네. 안녕하세요?"

지수가 얼른 인사를 했다.

"그럼 지금부터 3팀으로 나뉘어 행동하시지요."

자율진이 미소를 보이며 말했다.

"네 그럼 저녁에 뵙겠습니다."

심은지가 자율진에게 인사를 하고 지수와 함께 밖으로 나갔다. 남자 로봇들은 3팀에 한명씩 따라 나갔다.

천국성 어느 곳.

"요즘 독문의 움직임이 수상해서 지켜봤더니. 처음 보는 사람들이 보였습니다. 한번 조사를 해볼까요?"

검은 그림자가 얼굴을 알 수 없게 앉아 있는 사람에게 보고를 하며 물었다.

"호호호…… 당연히 조사를 해야지. 철저히 조사하고 보고하도록."

여성 목소리다.

"네! 그럼 물러가겠습니다."

그림자는 연기가 사라지듯 자취를 감추었다.

"독문이라…. 그 감찰어사와 관련 있는 문파니 감시를 해야지. 만약을 대비해서. 요즘 천국성에 문파가 너무 많이 생겼어. 다 기억도 할 수 없을 정도로. 또한 독문은 너무 많이 크고 있어. 이젠 무문보다 더 강하고 큰 문파가 독문이야. 조심해야지."

여자는 혼자 중얼거렸다.

영미의 지난 이야기

조용하던 천국성이 갑자기 술렁거렸다.

100년 만에 다시 지구란 별로 떠나는 태자 때문이다.

반드시 태자가 아니면 태자비가 선조님들의 유지를 받들어 지구에 암행어사 임무 약속을 지키러 가야 하는 것이 천국성 선대 황제로부터 내려오는 유지다.

3개월 후 태자 이강철이 지구로 유지를 받들러 간다는 공고문이 나붙었다.

천국성은 전체가 술렁거렸고

그런 그날.

영미는 자하경은과 벽화이도를 데리고 조용히 비밀리에 천국성을 떠났다.

그리고,

영미가 떠난 후 2시간쯤 지나서 우주선 하나가 조용히 천국성을 벗어났다.

그 정보는 청유회 정보망에 걸려들었다.

우주선 추적기가 비밀리에 그 문제의 우주선을 미행하기 시작했다.

또한 그 정보 내용은 수시로 영미의 우주용 컴퓨터로 전송됐다.

영미의 전용 우주선.

빛의 1.2배 속도로 날아가고 있는 우주선 안은 조용했다.

전혀 속도감을 느끼지 못했고

우주선 안을 마치 집처럼 돌아다니며 음식도 해서 먹고 차도 마시고 그랬다.

자하경은과 벽화이도 외에 헤리피민이 함께 우주선에 탑승했다.

백타성 제3 왕자 헤리피민이 함께 탑승한 것은

영미가 '심심할까 봐'라고 했다.

자하경은과 벽화이도를 지구에 내려놓고 다른 곳으로 여행을 할 목적도 있었다.

아직 한 번도 가보지 못한 미지의 별

3곳을 여행하려는 것이다.

헤리피민과 영미가 공통으로 그 별들을 이렇게 부르기로 했다.

3란성

별 두개가 큰 별 하나를 빙빙 도는 별,

대왕성.

우주에서 가장 큰 별,

수형성.

전체가 물만 있는 것 같은 별.

이렇게 3개 별을 여행하면서 천국성으로 돌아갈 생각이다.

"쳇! 지구로 가면서 구경도 시켜주고 갈 것이지. 자기들끼리만 구경하려고."

자하경은이 입을 삐쭉 내밀며 토라진 척했다.

"맞아! 치사한!"

벽화이도 역시 토라진 척했다.

"허……! 이 누나와 저 형도 토라지니깐 너무 못생겼다!"

혜리피민이 장난을 쳤다.

"킥킥……."

영미는 그냥 웃기만 했다.

"땅바닥 벅벅 긁어서…… 아무 돌이나 퍼 담아 가지고… 지구로 가서 팔아먹겠다고? 에라 이 사기꾼들아!"

혜리피민이 벽화이도와 자하경은에게 다시 농담을 했다.

"켁! 사기꾼들?"

영미가 혜리피민에게 따지듯 물었다.

"아하! 넌 빼고. 하하……."

혜리피민이 두 손바닥을 비비며 영미를 바라보고 웃었다.

"킥킥……."

"헤헤……."

"푸하하……."

영미와 자하경은 그리고 벽화이도가 웃음을 터뜨렸다.

"사실 미지의 별에 여행을 하면서 그곳 희귀한 금속들을 가져가면 떼 부자가 될 수도 있지만, 그만큼 위험이 따르지. 누구나, 어느 별이나 외계인이 오는 것을 좋아하지는 않거든. 잘못하면 누구처럼 잡혀서 동물원 신세를 면하기 어렵고. 하하…… 아니면 죽을 수도 있고"

헤리피민이 말을 하면서 천국성 선조들 이야기를 빗대어 섞어서 말을 했다.

"쳇! 누가 모를 줄 알고! 비폭 31을 20기나 장착한 우주선이 뭐가 겁나?"

벽화이도가 말했다.

"비폭 31이 뭐야?"

자하경은이 벽화이도에게 물었다.

"옹! 폭탄인데 두 개만 사용하면 천국성은 산산이 부서져 버린대나 뭐래나!"

벽화이도가 빈정대듯 말했다.

"우아! 그럼 이 우주선이 완전 전투용이네!"

자하경은이 놀랍다는 표정이었다.

"그런 일이!"

헤리피민이 처음 듣는 소리라는 듯 놀라고 있었다.

"그 입이 말썽이야!"

영미가 한 소리 했다.

"어이쿠. 죄송, 죄송. 입 다물어야 맞을라."

벽화이도가 장난을 멈추지 않았다.

"삐…… 삐……."

영미의 우주용 컴퓨터에 긴급 메시지가 날아왔다.

영미의 우주용 컴퓨터는 포켓용 조그만 지갑 크기로 만든 최신형이었다.

"킥킥…… 우리 말고도 뭔가 음모를 꾸미는 자들이 있나봐!"

영미가 우주용 포켓 컴퓨터에 날아온 메시지를 확인하고는 생글생글 웃었다.

"왜?"

헤리퍼민이 물었다.

"천국성에서 우리보다 2시간 늦게 우주선이 하나 떴는데 지구로 향하고 있다는군. 15인용 우주선인데 탑승자가 15명 같다는 이야긴데 아마도 태자님을 노리는 적 같아! 벽화이도가 할 일이 하나 더 늘었어! 알겠지?"

영미가 벽화이도를 보며 다짐을 받듯 물었다.

"아…… 알았어!"

벽화이도가 마지못해서 대답했다.

썩 내키지 않는다는 표정이다.

"왜? 표정이 그래?"

자하경은이 벽화이도를 보고 물었다.

"누군 우주여행을 다니는데 난 뭐야! 외톨이로 남아서. 쩝."

벽화이도가 토라진 척한다.

속마음은 그게 아닌데.

왠지 영미에게 토라진 모습을 보이고 싶은 벽화이도다.

항상 영미 옆에 있고 싶은 벽화이도.

그러나,

영미가 벽화이도를 필요로 한다는 것이 그만큼 즐거운 일이다.

벽화이도는 영미가 자신을 불러주는 것으로 만족하지만 가끔 투정을 부리고 싶다.

"벽화이도 그리고 자하경은 둘 다 외로운 임무를 줘서 미안해. 내가 자주 연락을 할게. 조금만 기다려 곧 만날 수 있을 테니까."

영미가 조금 안쓰러운 표정을 지으며 말했다.

"이그 저 입. 저 입을 막아야 하는데…… 우리 이모가 괜히 신경 쓰게 만드네. 이모! 걱정 마. 새로운 세상에서도 즐기며 지낼 줄 아는 우리니깐."

자하경은이 벽화이도를 무섭게 노려보며 말하다가 영미를 보고 말을 했다.

"쳇…… 나만 보고 뭐래! 그래 모두 내가 잘못이다. 미안하다. 쳇!"

벽화이도가 입을 삐쭉 내밀며 말했다.

"부럽다! 너에게 저런 동료가 있다는 것이!"

혜리피민이 두 사람이 투덜거리며 장난하면서 즐겁게 노는 것을 보고 영미에게 말했다.

혜리피민은 벽화이도가 자신들에게 어려운 임무를 줘서 미안한 마음을 갖고 있는 영미에게 마음의 짐을 덜어주고 웃게 만들려고 저렇게 장난을 친다는 것을 잘 알고 있었다.

자하경은이 영미를 생각하는 것은 친이모를 생각하는 그 이상이다.

누군가 겉만 본다면 동성연애라도 하는 줄 알 정도다.

그만큼 자하경은은 영미를 좋아했다.

이모처럼, 친구처럼, 가족처럼. 그렇게 둘은 정이 들었던 것이다.

특히 영미가 자하경은이 죽은 줄 알고 요정국을 멸하려고 했던 일은 자하경은에겐 충격이었다.

영미가 자신을 너무도 사랑한다는 것을 알았기 때문이다.

영미는 자하경은을 정말로 사랑하는 조카로 여기고 있었다.

세상에서 피붙이라곤 오직 하나뿐인 영미.

그 피붙이가 바로 자하경은이라고 생각하는 영미.

그런 영미의 마음을 알기에 자하경은 역시 영미를 친 이모로 생각한다.

비록 나이는 어리지만 자하경은보다 많이 똑똑한 영미.

자하경은은 영미를 많이 의지하고 있었다.

우주에도 밤은 찾아온다.

태양이 안 보이는 곳을 날고 있으면 바로 밤이다.

그러나 우주엔 태양이 너무도 많다.

천국성보다 우주선 개발이 100년은 앞선 백타성.

백타성의 우주항공 담당자 제3 왕자 헤리피민.

나이는 영미와 같은 15세지만 우주여행은 가장 많이 했다.

백타성 내에서도 가장 많은 우주여행을 한 헤리피민.

벌써 4년째 우주선에서 살았다.

그만큼 4년간 우주여행을 한 곳은 헤아릴 수 없을 정도로 많았다.

그런 헤리피민이 말하는 우주에 태양은 모두 80여 개.

특이하게 천국성은 태양이 두 개가 교대로 비추는 위치에 있다.

그런 위치에 있는 별이 그렇게 많지 않다는 것이 헤리피민의 이야기다.

어두운 밤.

영미의 전용 우주선은 지구의 대한민국이라는 나라의 서해 작은 무인도에 도착했다.

물론 400년이나 문명이 뒤떨어진 지구의 능력으로선 우주선이 도착했다는 사실을 알 수 없을 것이다.

"우주 영행이나 즐겁게 하시길. 우린 미개한 지구인들 사이에서 임무나 열심히."

벽화이도가 빈정대는 말을 하다가 끝을 잊지 못했다.

이별의 아픔이 목을 메이게 했던 것이리라.

고개를 돌린 벽화이도의 눈엔 반짝 이슬이 맺혔다.

"이모! 얼른 와야 해! 난 이모 없으면 외롭단 말이야!"

자하경은이 영미 허리를 두 손으로 끌어안고 말했다.

자하경은 눈에서도 주르륵 눈물이 흘렀다.

"응! 그래! 내가 얼른 올게."

영미도 눈에 눈물이 글썽거렸다.

"쳇. 나보고 입이 어쩌고 하더니. 자긴 눈물까지 보이고."

벽화이도가 자하경은을 보고 한마디 했다.

"모르는 소리. 헤어질 땐 눈물 정도는 보여주는 것이 예의야! 뭘 알아야지!"

자하경은이 톡 쏘아붙였다.

"자! 미세한 전파가 우리들 행방을 찾고 있으니깐 서둘러 가세요!"

헤리피민이 말했다.

헤리피민 팔뚝엔 작전 지시용 우주 컴퓨터가 장착돼있다.

그 팔뚝에 찬 컴퓨터를 보면서 말했다.

"엥? 미개한 지구인들이 그런 능력이?"

벽화이도가 못 믿겠다는 말투다.

"아마도 100년 전에 지구로 추방된 생사인의 제자와 관련된 자들 같아!"

영미가 얼른 말했다.

"자! 서둘러요!"

헤리피민이 급하게 말했다.

벽화이도와 자하경은이 서둘러 우주선에서 떠나갔다.

영미의 전용 우주선도 다시 우주로 날아올랐다.

"대단한 추적 장치였어!"

헤리피민이 놀랍다는 표정으로 말했다.

"정말?"

영미가 물었다.

"그래! 진용성에 도착해도 그처럼 빠르게 추적하는 전파는 못 느끼는데…… 지구에서 그런 장치가 있다니. 우리들 백타성 방위군 추적 장치와 비슷한 수준이야!"

헤리피민이 말했다.

"그렇다 해도 우리가 그곳에 우주선을 세운 지 10분은 됐는데 그때까지도 찾지 못했다면, 내 전용 우주선이 공격을 받을 정도는 아니네!"

영미가 안심이 된다는 투로 말했다.

"피이……! 빛의 1.2배 속도면 어떤 무기도 그 속도를 따라잡지는 못해. 그러니 공격을 받는다는 것은 좀 그렇지. 추적 장치가 그 속도를 감지하려면 10분 정도는 시간이 필요한 것은 사실이야."

헤리피민이 말했다.

영미와 헤리피민을 태운 우주선은 순식간에 지구를 벗어나 달을 스치듯 지나쳤다.

"지구에서 우리 우주선을 봤다면 그냥 불빛이 반짝인 것뿐."

헤리피민이 말했다.

그만큼 영미의 전용 우주선은 빨랐다.

마치 불덩어리가 쏘아가듯.

레이저 광선이 비치듯.

불빛만 보였다.

"30분 후면 수형성에 도착해. 우선 거기서 우린 내리고 우주선을 우주로 보내놓고 둘이 날아다니며 탐험을 하자?"

헤리피민이 영미의 의견을 물었다.

"좋아!"

영미도 찬성했다.

수형성.

지구의 사람들은 아마도 은하계의 이름 없는 별로 알고 있을 그런 별.

영미와 헤리피민은 완전한 무장을 하고 수형성 탐험에 나섰다.

영미는 무술 능력으로 하늘을 날고,

헤리피민은 하늘을 날아다니는 장치(허리띠)로 날았다. 백타성은 하늘을 날아다닐 수 있는 장치를 보조용으로 허리띠로 만들었다.

날개로만 날아다니면 금방 지치기 때문이다.

체력이 떨어지면 그 쉬는 시간에 허리띠에 날 수 있는 장치로 날아다니게 했던 것이다.

영미와 헤리피민이 하늘을 날며 수형성을 탐험하다가 영미의 두 눈이 반짝 뭔가를 발견했다.

"지상에 뭔가 있어! 내려가 보자!"

영미가 헤리피민에게 말했다.

"알았어!"

헤리피민이 영미와 함께 지상으로 천천히 내려갔다.

콰아.

쏴아.

거대한 폭포수였다.

폭포수가 있다는 것은 육지도 있다는 것.

거대한 산이 하나 있었다.

별 전체가 거의 바다로 되어 있는데

간혹 산들이 군데군데 있었다.

자욱한 안개가 산을 감싸고

계속 비가 내리고 있었다.

"흠……! 여길 보면 1년 내내 비가 내리는 것으로 볼 수 있어!"

영미가 산을 이리저리 살피며 말했다.

"어떤 점에서?"

헤리피민이 물었다.

"저 폭포는 비가 안 오면 물이 없는 위치에 있는데. 물속엔 물고기들이 살고 있어. 바닷속에 물고기들이랑 종류가 틀린 것이 민물고기야! 또한 풀이나 바위에 이끼를 보면 마른 잎이 하나도 없어. 그건 빛을 전혀 못 본다는 이야기고. 잎이 너무도 연해서 마치 물 같아. 모든 것이 1년 내내 비가 온다는 증거야. 아니라 해도 1년에 겨우 며칠만 빛을 볼 수 있을 것 같아!"

영미가 말했다.

"오! 역시 넌 똑똑해. 아바마마 황제께서 그러시던데 너의 지능지수는 아마도 300이 넘을 것이라고. 어때? 아바마마 말씀이 맞나?"

헤리피민이 물었다.

"킥킥…… 언젠가 나보고 누가 그러더군! 320이라고."

영미가 말했다.

지능지수 320.

아이큐 320.

천국성과 백타성에서 측정하는 방법으로 지능지수 320이다 지구의 측정치는 아니다. 천국성에서도 높다는 사람들이 겨우 200정도 수준이다.

영미는 정말 그렇게 지능이 높았다.

"헉!"

영미가 소스라치게 놀라 소리쳤다.

"뭐야?"

헤리피민이 다급히 물었다.

"이곳을 지배하는 사람들."

영미가 말했다.

"뭐라고? 어디?"

헤리피민이 급히 물었다.

"바닷속이야! 이곳 수형성을 지배하는 자들은 바닷속에 사는 물고기야!"

영미가 말을 하면서 손으로 뭔가를 가리켰다.

헤리피민이 영미가 손으로 가리키는 곳을 유심히 살폈다.

손이 두 개 있고 지느러미가 달려 물속을 자유롭게 헤엄치는 물고기.

그들 손에는 뭔가 들려 있었다.

무기였다.

그들은 영미와 헤리피민을 발견하고 경계 태세를 취하며 조금씩 다가오고 있었다.

영미는 얼른 자동번역기를 들고 그들과 대화를 시도했다.

"반가워요! 우린 우주를 여행하는 사람들입니다! 적은 아니니 안심하세요!"

영미가 말했다.

"여행? 반갑다고? 적이 아니라고?"

그들 중 대장인 듯 보이는 물고기가 말했다.

자동번역기는 상대의 말을 듣고 나의 말을 전하는 역할을 하기 때문에 상대가 자동번역기가 없어도 대화가 가능하다.

"그래요! 우린 우주 전체를 여행하다가 잠시 이곳에 들렀어요! 당신들과 싸울 생각은 없으니 안심하세요!"

영미가 말했다.

"음……! 우주를 여행한다. 우리와 싸울 의사는 없다. 그 말은 진심이군요! 우린 그대들처럼 우주를 여행하거나 이렇게 말을 통하게 할 수는 없어도 진심인지 거짓인지 그것은 알 수 있죠. 당신들은 엄청난 문명의 우주에서 왔으므로 싸운다 해도 우린 상대가 안 되겠죠. 적은 아니라고 하니까 안심입니다!"

대장인 듯 보이는 물고기가 말했다.

"네! 그렇습니다! 우린 문명은 이곳보다 발달했다고 하나 당신들처럼 물속을 여행하기는 쉽지 않죠."

영미가 말했다.

사실 영미는 물속을 자유롭게 여행할 수 있었다.

수황의 제자인 영미이기에

그렇지만 헤리피민이 있어서 안 된다.

헤리피민은 물속을 자유롭게 다니지 못하니까.

만약 물고기들이 초대를 하면 들어가 보고는 싶지만,

헤리피민을 놔두고 갈 수는 없었다.

그래서 미리 못 간다는 의사를 보낸 것이다.

"아쉽군요! 함께 왕께 가서 당신들 이야기라도 들어보고 싶었는데. 좋은 구경 하시다가 무사히 돌아가시길 바랍니다!"

물고기들이 작별 인사를 했다.

"만나서 반가웠어요! 다음에 기회가 있으면 반드시 당신들 왕을 찾아뵙고 인사를 드릴게요!"

영미가 말했다.

"잘 가요!"

물고기들이 작별 인사를 하고 물속으로 사라졌다.

영미도 헤리피민과 함께 공중으로 날아올랐다.

"좋은 추억을 만들었네!"

헤리피민이 말했다.

물고기가 지배하는 별.

헤리피민으로선 처음 만나는 추억이었다.

영미도 역시 새로운 추억을 만들었다.

"저들이 갖고 있는 무기가 이상하던데 뭐지?"

헤리피민이 공중을 날며 영미에게 물었다.

"창살같이 뾰족한 쇠꼬챙이를 이렇게 강력한 철이 휘어졌다가 다시 원상태로 되는 반동을 이용해서 상대방에게 날아가게 하는 무기로서 약 600년 전에 사용하던 활이라는 무기야. 그것을 봐서는 문명이 600년은 뒤떨어진 것이라 볼 수 있지만 물속이라는 것을 감안하면 400년 정도 뒤떨어진 문명을 갖고 있다고 보는 것이 옳을 것이야!"

하늘을 날며 바다를 살피던 영미가 헤리피민을 바라보며 말했다.

"저 물고기들이 왜 그렇게 빨리 포기를 하고 사라졌다고 봐?"

헤리피민이 다시 물었다.

"그건 문명은 뒤떨어져 있지만 지능이 아주 뛰어나다는 증거야. 자기들 힘으로 적수가 안 된다는 것을 알고 착한 척 호의적인 인사를 하고 사라진 것이야. 실제 저들은 마음이 착하지는 않은 듯 보였어. 뭔가 눈초리가 음흉한 것 같았어."

영미가 말했다.

"잘 봤어! 나도 그렇게 봤는데. 아마도 저 수중 세계에서는 많은 다툼이 있는 것 같아. 저 넓은 바다를 두고 많은 종족들이 싸우겠지. 아마도 조금 전 그들은 그중 악한 종족에 속할 것이야."

헤리피민이 자기 생각을 말했다.

"그래! 나도 그렇게 생각했어! 그렇다고 우리가 그들 싸움에 끼어들 수는 없고. 조금 더 구경하다가 돌아가자!"

영미가 말했다.

"그래!"

헤리피민이 말했다.

"저기. 저리로 가보자!"

영미가 멀리 보이는 산을 가리키며 말했다.

"응! 하⋯⋯! 물고기는 정말 많다."

헤리피민이 바닷속에 돌아다니는 물고기들을 보며 감탄의 말을 했다.

"잠깐만!"

바다 위에 우뚝 솟은 산.

그 위에 도착을 한 영미가 헤리피민이 내려가는 것을 막았다.

다른 곳의 산처럼 봉우리만 남아 작은 육지를 만든 것이 아니라 꽤 나 큰 육지였다.

끝이 잘 보이지 않을 정도로 넓은 육지.

그 공중에 멈추어 선 영미가 육지를 내려다보며 헤리피민에게 손가락으로 뭔가를 가리켰다.

"저기, 저걸 봐! 인간이야. 육지에 사는 인간들."

영미가 말했다.

"정말!"

헤리피민이 영미가 가리키는 곳을 바라보며 말했다.

인간들.

사람과 거의 흡사하게 생긴 인간들이 보였던 것이다.

발이 세 개. 꼬리가 있다는 것 외엔 사람과 비슷하게 생겼다.

코가 뾰족한 동물이 끄는 수레에 뭔가 가득 싣고 가고 있었다.

네 명.

그리고 멀리 밭과 논이 있는데 일하는 인간들 모습도 보였다.

집도 돌을 쌓아 조그만 움막을 짓고 살고 있었다.

"우리 저 짐수레를 따라가 보자! 바다 쪽으로 가는데."

영미가 말했다.

"응!"

헤리피민이 대답했다.

"늘 다니던 길 같아! 바닥이 반들반들하잖아!"

영미가 짐수레가 가는 길을 보면서 말했다.

바닥이 반들반들 자주 통행이 있었던 모양이었다.

그 길은 바닷가에서 멈췄다.

코가 뾰족한 짐승이 끄는 짐수레는 바닷가에서 멈춰 섰다.

잠시 후.

바닷속에서 조금 전에 보았던 물고기들이 엉금엉금 기어 나왔다.

그 숫자가 엄청 많았다.

50여 마리는 돼 보였다.

그들은 나와서 짐수레에서 물건들을 바닷속으로 옮겼다.

그런데,

"저, 저런!"

영미가 화들짝 놀라 소리쳤다.

"저놈들이!"

헤리피민도 분노의 말을 토했다.

물고기들이 짐수레에서 물건을 옮기며 그중 몇 마리가 인간들을 마구 때리는 것이었다.

짐수레에서 물건을 다 옮기고 바닷속으로 사라지면서도 몇 대 더 때리고 사라졌다.

영미와 헤리피민은 물고기들이 사라진 후 짐수레가 육지로 깊숙이 왔을 때 인간들 앞에 내려갔다.

"……!?"

인간들은 영미와 헤리피민을 보고 무척 놀라고 있었다.

영미가 자동번역기를 틀고 대화를 시도했다.

"만나서 반갑습니다!"

영미가 우선 인사부터 했다.

"당신들은 누구요?"

인간들은 경계심을 갖고 영미와 헤리피민을 바라보았다.

그중 나이가 가장 많은 사람이 입을 열었다.

나이가 천국성 같으면 아마도 50여 세 정도로 보였다.

"우린 멀리 우주에서 여행을 하는 사람들입니다. 조금 전 물고기들한테 매를 맞는 것과 물건을 주는 것을 하늘에서 지켜봤습니다!"

영미가 말했다.

"아! 그러십니까! 당신들이 관여할 일이 아니니 그냥 가시던 길 가시죠!"

나이가 많은 인간이 냉담하게 말했다.

아직 경계심이 풀리지 않아서 그럴 것이다.

영미는 우선 그들 경계심을 풀어줘야 한다고 생각했다.

"우리가 저쪽에서 물고기들을 만났는데. 아주 사악하고 나쁜 물고기 같았는데. 이곳 역시 그런 물고기들 같네요. 물건을 상습적으로 그들에게 바치는 것이죠?"

영미가 다른 방향으로 조금 돌려서 물었다.

"아 글쎄! 당신들이 알 필요가 없으니 그냥 가시오!"

조금 젊은 인간이 화를 내며 말했다.

"뭐 이런 것들이 다 있어! 물고기들한텐 얻어맞거나 하고 물건이나 바치는 주제에 같은 인간의 말을 그렇게 무시해?"

헤리피민이 화를 벌컥 냈다.

"자, 잠깐! 피민아!"

영미가 헤리피민의 앞을 가로막고 더 이상 말을 못 하게 했다.

"뭐어? 이것들이. 좋다, 좋다 하니까 화난 데 부채질하네. 혼나볼래?"

젊은 인간들 둘이 팔을 걷어붙이고 헤리피민과 영미를 향해 금방 때릴 기세다.

영미가 눈짓을 헤리피민에게 하며 공중으로 날아올랐다.

헤리피민도 영미를 따라 공중으로 날아 올라갔다.

"와아!"

인간들이 그때서야 영미와 헤리피민이 보통 인간이 아니란 것을 느끼고 놀라움의 함성을 질렀다.

공중에서 천천히 멈추며 영미가 다시 대화를 시도했다.

"우린 마음만 먹으면 못된 물고기들을 전부 잡아서 착한 물고기로 만들 수도 있고 죽일 수도 있는 힘을 갖고 있어요! 절대 당신들을 해치려는 것이 아니니 말씀해보시죠? 왜 물고기한테 맞고 물건을 내주고 그랬는지?"

영미가 물었다.

"농사를 지어서 거의 다 그들에게 뺏기고 우린 먹을 것이 없답니다. 그들은 물건이 작다는 트집을 잡아서 늘 때리고 죽이고 합니다. 마을의 예쁜 소녀들을 강제로 데려가서 하녀처럼 일을 시키고."

가장 나이가 많은 인간이 말을 했다.

"물고기들은 전부 다 그렇게 나쁜가요?"

영미가 다시 물었다.

"아니에요. 이쪽에 사는 물고기(어형인)들만 그래요! 우리들 사는 곳에서 저쪽(반대쪽)으로 가면 물고기들이 아주 착하답니다. 농산물과 해산물을 서로 맞바꾸며 사이좋게 지낸답니다!"

나이가 많은 인간이 말했다.

"오! 그래요? 그럼 이쪽만 해결하면 재미있게 살아갈 수 있겠네요?"

영미가 물었다.

"네 이 근방은 그래요! 바다는 넓고 넓어서 많은 어형인족들이 사는데, 나라가 무려 150여 개 정도 됩니다. 우리들 사는 육지에 붙은 어형인족 국가는 두 개지만."

이번엔 어린 소녀가 자세히 설명했다.

"소녀는?"

헤리피민이 호기심을 갖고 물었다.

"제 이름은 미요허담. 이분 손녀예요."

소녀는 나이가 많은 사람의 손녀라 했다.

"아! 그래요"

영미가 말했다

"좋아요! 그럼 이곳 사악한 물고기들을 처리하고 가야겠네요. 피민아!"

영미가 인간들과 말을 하다가 헤리피민을 불렀다.

"왜?"

헤리피민이 영미에게 물었다.

"내가 바닷속에 가서 물고기들을 처리하고 올 동안 넌 이분들을 따라가서 살아가는 것과 이곳 지도자도 만나고 그래."

영미가 말했다.

"알았어! 넌 바닷속에서 추억을, 난 육지에서 추억을. 하하……."

헤리피민이 영미의 뜻을 알고 호탕하게 웃었다.

"그럼! 좋은 추억 만들길 바란다!"

영미가 헤리피민에게 생글생글 웃음을 보여주고 바다 쪽으로 몸을 날렸다.

"정말 저 소녀 혼자서 어헝인들을 처리할 수 있어요?"

젊은 인간이 헤리피민에게 날아가는 영미를 바라보며 물었다.

"신이 하는 일에 불가능이란 없다오."

헤리피민이 장난기가 발동해서 말했다.

"그래! 소녀가 아니고 정말 신이시다!"

나이가 많은 인간이 순식간에 모습이 보이지 않는 영미가 사라진 방향을 바라보며 감탄하듯 말했다.

"나 배고플 테니까 맛있는 밥도 해놔!"

멀리서 영미 목소리가 헤리피민에게 들려왔다.

그러나 자동번역기를 그대로 사용하고 있어서 다른 인간들도 다 들었다.

"오! 신의 목소리가 들렸다! 신의 목소리."

인간들은 숙연한 자세로 영미가 사라진 방향을 향해 고개를 숙였다.

"큭…… 장난도 못 친다니깐."

헤리피민이 속으로 그렇게 생각하며 터져 나오는 웃음을 억지로 참았다.

"잠시만 기다려요."

영미가 막 바닷속으로 들어가려는데 누군가 영미를 불렀다.

물고기다.

역시 발이 있고 물갈퀴가 있는 인간처럼 생긴 물고기다.

자세히 보면 그들 발에 인조로 만들어진 물갈퀴가 착용된 것을 알 수 있었다.

"이들은 조금 전 그 물고기들과 좀 다르다."

영미가 이런 생각을 하고 있을 때.

물고기 둘이 다가오며 말을 걸었다.

자동번역기가 작동되고 있어서 말이 통했다.

"잠시만 기다려 주시오."

"……!?"

영미가 의아한 표정으로 물고기를 바라보았다.

"방금 육지인과 나누는 소리를 우연히 듣게 됐소이다. 난 조금 전 육지인들에게 물건을 강탈해 간 물속 인들의 옛 주인입니다. 지금은 악한 자에 의해 추방된 몸이지만."

"아! 그러십니까? 난 우주여행을 하러 다니는 사람으로서 정영미라 합니다."

영미가 먼저 인사를 했다.

"난 성군이라 합니다."

다가온 물고기가 자신을 소개했다.

"아! 성군. 반가워요. 그래 무슨 일로 절?"

"제가 물속 왕궁까지 안내를 할게요. 저의 부모님이 못된 자에게 잡혀 있으니까요."

성군 눈가에 반짝 이슬이 맺혔다.

"그래요? 갑시다."

영미는 성군을 앞장세우고 물속으로 들어갔다.

아름다운 해초들이 숲을 이루고.

찬란한 보석들이 바닥을 곱게 장식하여 길을 만들고.

수많은 각양각색들의 물고기들이 늘어서서 경비를 서고 있는 가운데 유리처럼 맑은 금속으로 된 거대한 궁전이 물속에 세워져 있었다.

"저 안에 있습니다. 부하들이 공격하는 것은 제가 막을 수 있지만. 생각보다는 강한 자들입니다. 특히 머리에 뿔이 달린 4명을 조심하십시오!"

성군이 걱정스러운 눈초리로 말했다.

"걱정 마세요!"

영미가 생글생글 웃었다.

영미는 그대로 몸을 움직여 거대한 궁전 입구로 향했다.

쏴아.

화살이 새카맣게 영미를 향해 날아왔다.

"모두 공격을 중지하라!"

성군이 큰 소리로 소리쳤다.

날아오던 화살들은 영미 1자 앞에서 튕겨 나가고 더 이상 화살은 날아오지 않았다.

영미는 그대로 궁전 안으로 들어갔다.

궁전 안에는 소년 소녀들이 청소와 해초 가꾸기를 하면서 열심히 일하고 있었다.

영미는 그들이 육지에서 끌려온 아이들이란 것을 바로 눈치 챘다.

긴 터널 같은 통로를 지나자 큰 광장이 나타났다.

"웬 놈이냐?"

머리에 금색, 은색 띠를 두른 물고기 인간들이 창과 칼을 들고 영미를 공격했다.

"그놈들은 제 말을 듣지 않는 자들입니다!"

성군이 뒤에서 말했다.

"알겠습니다!"

영미는 고개를 끄떡이며 무섭게 그들을 공격했다.

붉은색 반지가 커졌다 작아졌다 하면서 적들을 공격했다.

백타성에서 얻은 다저링.

적색 반지였다.

물고기 인간들은 순식간에 피투성이가 된 시체로.

바닥에 겹겹이 쌓여갔다.

"이놈!"

머리에 나선형 뿔이 달린 물고기 인간들 4명이 나타났다.

"저자들은 조심하세요!"

성군이 뒤에서 걱정스러운 표정으로 말했다.

"킥킥……."

영미가 생글생글 웃었다.

"천환……!"

영미의 손에서 무형의 둥근 물보라가 일며 나타난 뿔 달린 4명을 거대한 둥근 환이 꽁꽁 묶어버렸다.

"하찮은 힘을 믿고 날뛰다니."

영미가 그들에게 다가가서 발로 옆구리를 하나씩 걷어찼다.

크으윽.

4명 뿔 달린 자들은 비명을 지르며 고통스러워했다.

"이제 왕을 잡아야 합니다!"

성군이 말했다.

영미는 다시 몸을 움직여서 궁전 안을 이리저리 살피기 시작했다.

"……! 어디로 갔죠?"

영미가 왕이란 자가 안보이자 성군에게 물었다.

"따라오십시오! 아마도 아버님과 어머님을 가둔 옥에 갔을 겁니다!"

성군이 급하게 헤엄쳐가기 시작했다.

영미도 성군을 따라갔다.

궁전 뒤.

마치 큰 물고기 아가리처럼 생긴 동굴.

성군은 그 안으로 들어갔다.

"크크크… 어디서 그런 괴물을 데려왔느냐? 하지만 항복을 안 하면 네 부모는 죽는다!"

살이 뒤룩뒤룩 쪄서 마치 한 마리 돼지 같은 자가 50대 남자 목에 칼을 들이대고 징그럽게 웃으며 말했다.

"저자입니까?"

영미가 물었다.

"맞습니다! 저자가 바로 왕 노릇을 한 못된 놈입니다!"

성군이 말했다.

"크크크…… 네 아비를 죽이고 싶지 않으면 어서 저 괴물부터 죽여라! 그럼 용서하고 네 아비를 살려주마!"

돼지 같은 자가 손에 든 칼을 더욱 힘을 줘서 50대 남자 목에 들이대며 말했다.

"꼭 저런 자가 하나씩 있다니깐. 킥킥…… 주제도 모르고."

영미가 말을 하며 손가락이 하나 슬쩍 움직였다.

"크크크…… 네가 대단하다는 것은 안다. 그러나 저 녀석 애비 목숨을 내가 쥐고 있는 이상 너도 어쩌지 못할 것이다."

돼지 같은 자가 징그럽게 웃었다.

"바보! 언제부터 네가 그분의 목숨을 쥐고 있다고 하더냐? 넌 이미 나한테 제압당해서 움직이지도 못할 텐데."

영미가 생글생글 웃었다.

"뭐? 웃기고 자빠……! 헉!"

돼지 같은 자가 영미 말을 믿지 못하고 움직이려고 하다가 자신이 움직일 수 없다는 것을 알고 놀라고 있었다.

영미가 생글생글 웃으며 다가와서 돼지 같은 자의 손에서 50대 남자를 빼내 성군에게 넘겨줬다.

"아버지!"

성군이 50대 남자를 부둥켜안고 눈물을 흘렸다.

"이제부터 죄인들의 처벌은 그대에게 맡기겠소."

영미는 성군에게 그렇게 말을 하고 동굴을 벗어나 궁전 안으로 헤엄쳐갔다.

헤리피민은 식사를 마치고

마을 구경을 나섰다.

미요허담과 같이.

"부탁이 있어요."

미요허담이 먼저 말을 꺼냈다.

들에서 농사일을 하던 사람들과 땔감을 하는 나무꾼들도 보였다.

"무엇을?"

헤리피민이 물었다.

"저도 우주여행에 데려가면 안 될까요?"

"네? 우주여행을?"

헤리피민이 황당하다는 투로 물었다.

"네! 제 꿈이거든요."

미요 허담의 표정은 간절했다.

"이곳 동네엔 모두 몇 명이나 삽니까?"

헤리피민이 대화를 돌렸다. 곤란한 질문을 피하려는 것이다.

"모두 37명입니다. 21명이 물속에 끌려가서 지금은 16명만 남았네요."

미요허담이 말했다.

"허……! 그렇게 많은 사람이 살지는 않는군요!"

헤리피민이 말했다.

"물속은 농사를 짓지 않아도 먹을 것이 풍부하죠. 물고기들도 많고. 해초와 해산물들이 많으니까…… 육지에서 살기를 싫어한답니다."

미요허담이 말했다.

"무슨 말입니까? 그렇다면 육지에서 사는 사람들이 물속에서도 살 수 있다는 겁니까?"

헤리피민이 물었다.

"네! 우리들은 육지에서도 물속에서도 자유롭게 숨을 쉴 수도 있고 움직일 수도 있는 신체 구조를 갖고 태어났어요. 지느러미는 인공적으로 다 만든 것이지만."

미요허담이 자세히 설명했다

"그럴 수가!"

헤리피민이 놀랍다는 표정으로 미요허담을 세밀히 살폈다.

정말 물속에서도 숨을 쉴 수 있는 아가미 형태로 코가 만들어졌다.

"특히 물속은 피부가 쉽게 상하지 않기 때문에 수명도 육지에서보다 길어져요."

미요허담이 말했다.

"허……! 신기한 신체 구조다. 수형성에 딱 맞게 진화를 한 것이군!"

헤리피민이 그렇게 생각하며 고개를 끄떡거렸다.

"조금 전에 부탁드린 것. 아직 대답을 안 하셨는데?"

미요허담이 다시 헤리피민에게 우주로 데려갈 것을 부탁했다.

"아! 네! 그 부탁을 들어주려면, 당신도 하늘을 날 수 있어야 하는데 그것은 물속으로 간 친구가 돌아와야 합니다. 그가 결정할 문제라서."

헤리피민이 말했다.

"왜? 하늘을 꼭 날아야 하나요?"

미요허담이 물었다.

"그 친구와 우주여행을 하려면 하늘을 날아다녀야 하거든요. 우주선에 당신만 남겨둘 수도 없고."

헤리피민이 말했다.

"그냥 전 우주선이란 곳에 있을게요"

미요허담이 말했다.

"하하…… 그게 안 됩니다! 그 친구 우주선은. 그 친구가 탑승하지 않으면 다른 사람도 태우질 않거든요. 또 그 친구가 내리면 다른 사람을 강제로 퇴출시키는 우주선이라. 하하……."

헤리피민이 말했다.

헤리피민 말은 사실이었다.

영미의 전용 우주선은 항상 영미가 먼저 타야만 다른 사람도 탈 수 있고 내릴 때는 다른 사람이 먼저 다 내리고 영미가 나중에 내려야 한다. 이유는 영미가 없으면 탑승자를 강제로 우주선 밖으로 쫓아내는 지능적인 우주선이기 때문이다. 우주선을 그렇게 만든 이유는

영미의 전용 우주선을 다른 사람에게 뺏기거나 분실할 경우를 대비한 것이다.

영미의 전용 우주선은 영미의 체온을 느끼고 영미의 호흡을 느끼고 영미의 마음을 읽는다. 단 절대적인 기능이 영미가 먼저 탑승을 해야 다른 사람도 탑승이 가능하고 영미가 우주선에 없으면 다른 탑승자도 밖으로 강제로 쫓아낸다는 것이다.

"또 하늘을 날아다니는 기구를 그 친구가 몇 개 갖고 있는데. 그 친구가 줘야 당신을 하늘을 날 수 있게 가르치고 완전히 익혀야 우주여행에 데려갈 수 있다는 겁니다."

헤리피민이 말했다.

"아! 그런 일이. 무슨 말인지 이해는 할 수 없어도 당신 말을 들으니 물속으로 갔다는 그분이 와야 절 우주로 데려갈 수 있는지 알 수 있겠군요!"

미요허담이 이해를 한 것일까.

400년 이상 뒤떨어진 문명의 세계에서 간단한 설명만으로 이해를 할 수 있다는 것은 쉬운 일이 아니다.

아무리 진실을 말해도 믿을 수 없는 문명의 격차.

헤리피민은 그런 여행을 한두 번 한 것이 아니기에 이해를 시키려고 노력하지도 않았다.

그냥 추억을 하나 더 만들고 있을 뿐이다.

"킥킥…… 아주 연애를 하고 있었군!"

하늘에서 영미의 웃음소리가 들렸다.

헤리피민이 큰 나무 그늘에서 미요허담과 이야기를 나누다가 화들 짝 놀라서 하늘을 처다보았다.

미요허담도 소리가 들리는 곳을 향해 고개를 들어 하늘을 바라보았다.

하늘에서 영미가 천천히 내려오고 있었다.

마치 하늘에서 걸어 내려오는 듯.

"햐……!"

미요허담이 입만 크게 벌리고 있었다.

"어……! 그건?"

헤리피민이 영미를 바라보고 반가워하다가 뭔가 발견하고 놀라 소리쳤다.

생글생글.

영미의 등에선 어린 아기가 생글생글 웃고 있었다.

영미의 웃는 모습과 판박이로.

"킥킥…… 내 아들이야!"

영미가 땅바닥에 발을 딛고 서며 말했다.

영미도 생글생글. 아기도 생글생글.

"허……! 너의 아들이라고?"

헤리피민이 어처구니없다는 표정이었다.

"응! 방금 하나 만들었어!"

영미가 생글거리며 말했다.

"이, 아기는!"

미요허담이 영미 등에 업혀있는 아기를 살피다가 아는 아기라는 반응을 보였다.

"아는 아기에요?"

헤리피민이 물었다.

"네! 성군과 성녀 사이에서 태어난 아기에요."

미요허담이 말했다.

"네에? 성군은 뭐고 또 성녀는 뭐에요?"

헤리피민이 다시 물었다.

"성군은 물속 나라 태자님을 그렇게 부르고 그의 부인을 성녀라고 부른답니다. 즉 다음 왕위에 오를 사람을 성군. 왕비가 될 부인을 성녀. 이렇게 부른답니다. 그분들 사이에 쌍둥이 아기가 있는데 이 아기가 그중 동생이에요."

미요허담이 말했다.

"그렇다면! 아기가 왕자란 이야긴데…… 너! 아기를 설마?"

헤리피민이 영미가 아기를 그냥 데리고 온 것인 줄 알았던 모양이다.

"킥킥…… 나의 수양아들이 되어 앞선 문명을 가르쳐 달라고 사정해서 억지로 데려온 것이다! 귀엽기도 하지만. 킥킥……."

영미가 생글생글 웃었다.

정말 그랬다.

도움을 줘서 감사하다고 인사를 하면서 그 우정의 징표로 자신의 쌍둥이 아들을 영미 손에서 키우겠다는 성군, 성녀의 간곡한 청이 있어서 영미가 아들로 삼은 것이다.

"어이쿠! 시집도 안 간 처녀가 아기 엄마라니. 이제 시집은 다 갔다. 하하…… 고 녀석 참 귀엽기도 하지."

헤리피민이 기막히다는 투로 말하다가 아기를 보며 웃고 말았다.

털썩.

갑자기 미요허담이 영미 앞에 무릎을 꿇고 엎드렸다.

"무슨 일이에요?"

영미가 화들짝 놀라서 물었다.

"아기도 있어서 어렵겠지만, 저도 데려가 주십시오! 간곡히 부탁드립니다!"

미요허담이 영미 눈을 간절하게 쳐다보며 말했다.

"이, 이런!"

영미가 난감한 표정을 지으며 헤리피민을 바라보았다.

"그, 그게……."

헤리피민도 더 이상 말을 못 하고 영미 처분만 기다렸다.

그런 헤리피민 귓속으로 영미 목소리가 들려왔다.

"혹시……! 네가 좋아하는?"

영미가 헤리피민만 듣게 말을 한 것이다.

헤리피민이 고개를 흔들었다.

"바보. 내가 좋아하는 건 넌데…… 그것도 모르고."

헤리피민은 그렇게 속으로 소리쳤다.

자신의 속도 모르는 영미가 야속했다.

"킥킥…… 난 그냥 아무나 데려가진 않아!"

영미가 미요허담에게 말했다.

"네에? 그렇다면 어떤 조건이면 데려가겠다는 이야기죠?"

미요허담이 물었다.

"내 동생이나 아니면 제자."

영미가 말했다.

"언니! 동생 미요허담이 인사드립니다!"

미요허담이 얼른 일어나서 영미에게 큰절을 올렸다.

"흠……! 동생에 아들까지. 수확이 좋군! 킥킥…… 이름이?"

영미가 미요허담에게 물었다.

"미요허담이라고 합니다!"

미요허담이 얼른 대답했다.

"흠……! 난 정영미. 언니가 정씨니깐. 동생도 정씨가 돼야지. 이제부터 넌 미자와 담자만 넣어서 정미담으로 하자!"

영미가 말했다.

"넵! 언니! 동생 정미담 다시 인사드립니다!"

미요허담 아니 정미담이 다시 큰절을 올렸다.

"킥킥…… 좋아! 동생."

영미가 생글생글 웃었다.

"쳇! 난 뭐야! 너만 둘씩이나 얻고!"

헤리피민이 입을 삐쭉 내밀었다.

"엥! 그렇다면 너도 내 동생 하자고?"

영미가 장난을 했다.

"뭐라고? 하하……."

헤리피민이 크게 웃었다.

"자! 지금부터 피민이 너는 내 동생 기구 사용법 좀 가르쳐줘라!"

영미가 헤리피민에게 말했다.

"그럼 넌? 네가 언니잖아!"

헤리피민이 못마땅한 눈치다.

"난 뭔가 하나 만들어서 선물을 주고 가려고."

영미가 아기를 업고 어디론가 걸어가며 말했다.

"쳇! 뭘 만들려고?"

헤리피민이 투덜거리며 정미담에게 하늘을 나는 기구 사용법을 가르치기 시작했다.

수형성에서 헤리피민이 정미담에게 하늘을 나는 기구 사용법과 중심 잡기를 집중적으로 가르친지 어언 20일이 지났다.

영미는 어디로 갔는지 전혀 보이지 않았다.

정미담은 제법 하늘을 날아다니고 있었다.

그리고

영미가 돌아왔다.

"자! 이제 가자!"

영미가 헤리피민과 정미담에게 말했다.

수형성에서 영미 일행은 사람들과 아쉬운 작별을 하고 다시 우주여행을 시작했다.

우주선 안.

"너 도대체 뭘 만들었다는 거야? 20일 동안이나."

헤리피민이 지금까지 궁금했던 것을 물었다.

정미담도 궁금한 표정으로 영미를 바라보았다.

"태양열로 움직이는 인조인간을 하나 만들어서 성군 부부에게 선물했다."

영미가 말했다.

"뭐어? 20일 만에 인조인간을?"

헤리피민이 믿을 수 없다는 표정이다.

그것도 그럴 것이.

겨우 20일 만에 아무것도 없는 곳에서 인조인간이라니.

아무리 발명왕의 제자라 해도,

아무리 생사인의 제자라 해도,

헤리피민을 믿을 수 없었다.

"킥킥…… 다시는 다른 종족들에게 나라를 뺏기지 말라고 전투용 인조인간을 만들었어. 태양열로 움직이고 광선총을 쏘며 성군과 성녀의 말만 듣는 지능적인 인조인간이지. 특수 철로 만들어서 녹이 나거나 부서지거나 열에 녹지도 않는 아주 완벽한 경호용 인조인간. 킥킥, 내가 위대해 보이지 않니?"

영미가 생글생글 웃었다.

"와아! 언니가 정말 신처럼 느껴진다!"

정미담이 탄성을 질렀다.

"정말 대단하다!"

헤리피민이 엄지손가락을 치켜세웠다.

"영미 저 녀석 말은 사실이다. 아니 조금은 축소해서 말을 한 것이다. 정말 대단한 것을 만든 모양인데 놀랍다. 그냥 놀랍다는 생각뿐이다. 저런 녀석과 친구가 됐다는 것이 난 행운이다!"

헤리피민이 속으로 그렇게 말하고 있었다.

"그럴 리는 없지만 그 인조인간으로 수형성을 전부 정복하려고 하면? 넌 순리를 역행시킨 죄를 짓는 것이야!"

헤리피민이 말했다.

헤리피민 걱정은 사실 맞는 것이다.

누구나 욕심이 있어서 그런 무기가 생긴다면 한 번쯤 그런 생각을 하기 나름이다.

400년 뒤떨어진 문명 세계에.

400년 이상 앞선 문명의 무기를 만들어 줬다는 것은 우주의 순리를 역행시킨 것이다.

"킥킥…… 역시 피민이는 내 친구다."

영미가 생글생글 웃었다.

"저 녀석. 이미 그것을 방지했다는 이야기다. 내가 괜한 걱정을 했군!"

헤리피민이 영미 표정을 보고 자신이 괜한 걱정을 했다는 생각을 했다.

"성군, 성녀에게 나의 아들의 친부모니깐 선물은 했지만 만약에 인간들의 욕심은 끝이 없어서. 변심이 될까 봐. 누군가 먼저 성군 성녀를 공격하면 방어용으로 전투를 하도록 만들어서. 먼저 함부로 공격은 안 하는 인조인간이야. 만약에 먼저 공격하라는 명령을 3번 이상하면 자동으로 폭파되어 사라지도록 만들었어. 잘했지?"

영미가 어깨를 으쓱하면서 물었다.

"그래. 참 잘했다! 역시 빈틈이라곤 찾아볼 수 없는 친구야. 하하……."

헤리피민이 호탕하게 웃었다.

헤리피민은 영미를 보면 볼수록 그 지능의 깊이가 너무도 깊다는 것을 느꼈다.

천국성에 간 수민이 이야기

저녁에 식사 시간. 독군과 자율진이 수민이를 보며 따지듯 묻고 있었다.

"아무리 이번 일을 감찰어사님께서 맡긴 팀장이시라 해도 이해를 할 수 없습니다. 왜? 자신들을 스스로 노출하신 것인지?"

독군이 무척 화가 난 표정이다.

"맞습니다. 스스로 존재를 노출한 일은 위험을 자초한 것입니다. 이미 적들은 우릴 주시하고 있을 겁니다."

자율진이 거들고 나섰다.

"네! 그래서 노출했습니다. 사실 우리가 심효주란 사람을 찾기란 그 시간이 너무 많이 걸립니다. 이곳 천국성을 다 뒤져야 하는 일이고요. 우리가 심효주를 압니까? 모르잖아요. 그들이 우릴 찾아오도록 유인한 겁니다. 그래야 빨리 잡을 수 있어요."

수민이는 당당하게 자신의 소견을 말하고 있었다.

"저는 수민이 생각이 옳다고 봅니다."

하나가 수민이를 거들었다.

"저도 수민이 생각이 위험하긴 해도 옳다고 생각합니다."

지수도 거들고 나섰다.

그러나 선리와 국영은 무슨 생각을 하는지 서로 마주 보며 심각한 표정을 짓고 있었다.

"……!?"

그런 선리와 국영을 자율진이 의문을 갖고 바라보고 있었다.

"아! 별건 아니에요. 앞에 연못에 물고기들이 한곳에 모여 있더라고요."

선리가 말했다.

"그게 어때서요?"

독군이 물었다.

"일반적으로 먹이를 주려면 뿌려서 주잖아요. 그럼 물고기들이 흩어져 먹어야죠. 어느 한 곳에 먹이를 던져 줬다는 것은……."

선리가 말했다.

"먹이를 던져 줬다는 것은 연못 속에 누군가 숨어서 염탐을 하려고 물고기들을 한 곳으로 유인했다는 것이죠?"

자율진이 뭔가 눈치 채고 선리에게 물었다.

"네! 그래요. 누군가 지난밤 연못에 숨어서 이곳을 지켜봤다는 뜻이죠. 물고기들 움직임 때문에 자신의 정체가 노출될까 봐 많은 양의 먹이를 한곳에 던져준 것이죠."

선리가 자신의 생각을 말했다.

"그렇다면?"

독군이 선리에게 물었다.

"수민씨가 노출하지 않았어도 이미 노출됐다는 것입니다."

선리가 말했다. 국영도 동의한다는 뜻으로 고개를 끄덕이고 있었다.

"햐! 선리씨. 대단해요. 이제 탐정 자리도 내놔야 할 것 같네요."

수민이가 감탄하며 엄지손가락을 치켜세워 보였다.

"호호……."

선리가 웃으며 손가락 두 개를 거꾸로 들어 보였다. 순간 수민이 눈이 파랗게 빛났다.

"그럼 이제 어떻게 할 겁니까?"

자율진이 수민이에게 물었다. 수민이는 선리를 바라보던 파란 눈을 감추며 자율진에게 고개를 돌렸다.

"제 생각으로는 빠른 시간 안에 적들이 접근해 올 겁니다."

수민이가 자신감을 보이며 말했다.

"자! 이젠 모두 조심하시고요. 얼른 식사를 하시지요."

독군이 큰 소리로 말했다.

"자! 식사들 하자고요."

지수가 제일 먼저 식탁에 가서 자리를 잡고 앉으며 말했다. 모두 말없이 식탁에 가서 저녁 식사를 시작했다. 가끔씩 수민이가 선리를 바

라보며 눈을 파랗게 빛내고 선리도 수민이를 바라보며 입가에 미소를
짓고 있었다.

어두운 밤.
선리는 일찍 자리에 누워 잠을 청하고 있었다.
휘잉.
갑자기 방 안에 바람이 일며 검은 그림자가 나타났다.
"자려고 하는데 찾아왔네."
선리가 이미 찾아온 사람이 누구인지 아는 모양이다. 입가에 미소
를 띠며 일어났다.
"선리씨가 탐정 a?"
선리를 찾아온 사람은 수민이였다.
"맞아. 내가 a야."
선리가 말했다.
"정말 몰랐네. 그림자도 없는 존재란 탐정 a가 선리씨라. 존경해.
정말."
수민이가 선리 침대에 털썩 걸터앉았다.
"그림자도 없다. 그래, 난 너처럼 무술 고단자도 아니고 스스로 지킬
힘도 없어. 그러니 존재라도 철저히 숨겨야지. 그게 내가 살아가는 방
식이지."
선리가 말했다.
"같은 회사에 근무하면서도 처음 보네. 반가워. 탐정 a."
수민이가 손을 내밀었다.
"그래, 반갑다."

선리가 수민이 손을 잡았다.

"혹시 스승님께서도 선리 정체를 아는 거야?"

수민이가 혹시나 하는 마음에서 물었는데 선리가 고개를 끄덕였다.

"어떻게?"

수민이가 다시 물었다.

"내 친구 때문이야. 그 친구를 옳은 길로 인도하라고 내게 조건을 제시하셨어. 이미 내 정체를 알고 오셨고."

선리가 말했다.

"그래! 스승님이 모르는 것이 있을 수가 없지. 나의 부모님을 누구나 찾기도 힘든데 이미 찾아가서서 나를 제자로 삼겠다고 허락을 받으셨어. 또한 탐정 사무실에 나를 제자로 삼았다고 전했다는 말을 듣고 무척 놀랐는데 선리 정체를 모를 리 없지. 당연한 것이야."

수민이가 말했다.

"이미 스승님 아니 언니는 이번 상황도 미리 예상하셨어."

선리가 말했다.

"예상이라니?"

수민이가 물었다.

"언니가 이곳 천국성에 오기 전에 내게 말했지. 수민이는 아마 스스로 자신을 노출해서 적을 유인하는 방법을 쓸 거라고. 그러니 옆에서 잘 도우라고. 해서 난 더욱 주위를 세심히 살핀 것뿐이야."

선리가 빙긋이 미소를 지으며 말했다.

"그랬구나. 헌데 어떤 친구인데 옳은 길로 인도 하라고 했어?"

수민이가 물었다.

"아! 그건 수민이와 전혀 관련 없는 일이라 군이 알 것 없고."

선리가 말하기 싫은 모양이다. 수민이는 몹시 서운하다는 표정을 지었다.

"수민이는 어차피 천국성으로 올 것 아니야? 그다음 일이라서 굳이 알 것 없다는 말이야. 또한 언니와 비밀을 지키기로 약속한 일이고."

선리가 수민이 표정을 보며 말했다.

"아! 스승님께서 비밀로 하라고 하셨으면 됐어. 큭큭……."

수민이가 웃었다.

"우리 사무실에 탐정이 모두 3명으로 알고 있는데. 수민이와 내가 빠지면 이제 누가 사건을 담당하지. 남은 사람은 탐정 x 혼자네. 그가 누군지 알아?"

선리가 미소를 보이며 수민이에게 물었다.

"아니 난 전혀 모르지. 선리 넌 알아?"

수민이가 호기심을 가지고 물었다.

"호호…… 멋진 남자지. 시인이고. 그도 언니의 제자가 됐어."

선리가 말했다.

"엥? 난 전혀 모르는 일인데. 언제?"

수민이가 물었다.

"나를 지키라고 언니가 그에게 무술을 가르쳐 줬지. 앞으로 지구에서 김밥 장사를 할 때 같이 있을 거야."

선리가 말했다.

"큭큭…… 왜 하필이면 김밥 장사야?"

수민이가 웃으며 물었다.

"난 지구에서 가장 맛있는 김밥을 만들어 팔 생각이야. 그래야 그 친구가 날 찾아올 수 있으니깐."

선리가 말했다.

"호! 그러니깐 그 친구라는 사람이 점점 궁금해지는데."

수민이가 말했다.

"미미라고 엄청 예뻐. 강하기로 따지면 지수 정도는 될까. 우리 사무실에서 제4의 탐정으로 생각도 했던 친구지."

선리가 미소를 지으며 말했다.

"큭큭…… 선리가 나에게 숙제를 주네."

수민이가 웃으며 말했다.

"스스로 알아 버리면 나도 할 수 없지 언니와 약속을 어긴 것은 아니니깐."

선리가 말했다.

"아무튼 탐정 a. 만나서 반가웠다. 잘 자."

수민이가 일어섰다.

"나도 반가워. 수민아."

선리도 인사를 했다. 이미 수민이는 그곳에 없었다. 연기처럼 사라진 후였다. 선리는 한동안 혼자 멍하니 창밖을 보다가 다시 잠자리에 들었다.

영미의 지난 이야기

"다음은 어느 별이지?"

영미가 화제를 바꿨다.

"웅! 대왕성이야!"

헤리피민이 말했다.

"우아! 대왕성. 별도 왕이 있나 봐요?"

정미담이 헤리피민에게 물었다

"하하…… 왕이지. 우주에서 가장 큰 별이니깐."

헤리피민이 웃었다.

"크다고요? 커서 대왕성?"

정미담이 이제야 알았다는 표정이다.

"방금 우리가 떠난 수형성보다 무려 10배 이상 큰 별이야. 영미가 살고 있는 천국성보다 정확하게 11배 큰 별이고. 아직도 화산이 폭발하고 있고 바다와 육지가 반반씩으로 구성된 별로, 태양이 두 개가 동시에 비추는 별로 유명하지. 아직은 인간들이 지배하는 별은 아니고 동물들의 낙원으로 알려져 있어. 하지만 아직 나도 처음 가는 곳이라 어떤 곳인지 잘 몰라!"

헤리피민이 말했다.

빛의 1.2배 속도로 3일을 날았다.

수많은 별들이 스치듯 지나갔고.

태양도 몇 개가 지나갔는지 모른다.

거대한 별 하나가 영미가 탄 우주선 앞을 막아섰다.

아니 영미의 전용 우주선은 그 거대한 별 앞에 멈추었다.

"우아……!"

정미담이 그 큰 별을 보고 놀라 소리쳤다.

"하하…… 저 별이 대왕성이다. 이제부터 우린 저 대왕성을 탐험할 것이다! 미담이 너! 제대로 따라다니지 못하면 혼난다!"

헤리피민이 정미담을 보고 농담 반 진담 반을 했다.

"전 걱정 없지만, 아기는?"

정미담이 아기를 바라보며 걱정스러운 표정을 지었다.

"아직도 언니 능력을 모르는구나!"

헤리피민이 말했다.

"네에?"

정미담이 무슨 말이냐는 표정이다

"네 언니. 저 친구는 아기뿐 아니라 너까지 들고 다니라 해도 나보다 더 잘 날아다닌다! 뭘 알아야지. 하하……."

헤리피민이 호탕하게 웃었다.

"그렇게 힘이 강해요?"

정미담이 믿을 수 없다는 표정으로 물었다.

"나중에 보면 알아!"

헤리피민이 말했다.

"쳇! 아주 나를 괴물로 만들어라! 킥킥……."

영미가 생글생글 웃고 말았다.

"자! 우주선도 멈추었고. 이제 나가자!"

헤리피민이 말했다.

"그래! 대왕성을 돌아보려면 날짜가 오래 걸릴 것이야! 짐들 잘 챙겨서 나가!"

영미가 말했다.

"와! 정말 동물들이 많다!"

정미담은 소풍 나온 어린아이처럼 마냥 들떠 있었다.

공룡처럼 큰 동물들로부터 작은 개미들까지 한가롭고 평화롭게 노닐고 있는 모습이 동물의 별다웠다.

"이제 땅으로 내려갈 것이니까. 모두들 조심해!"

영미가 아기를 업고 천천히 땅으로 내려가며 말했다.

영미는 마치 공중을 걸어 내려가듯 천천히 계단을 밟고 내려가듯 땅을 향해 내려가고 있었다.

"특히 미담이는 피민이가 잘 보호하도록!"

영미가 말했다.

"알았어!"

헤리피민이 퉁명스럽게 대답했다.

왠지 영미가 정미담이 같이 합류한 이후 헤리피민과 정미담을 하나로 엮어 말하는 것 같아서 기분이 좋지 않았다.

"동물들이 공격을 하지는 않겠지만. 우리만 우주여행을 한다는 생각은 버려!"

영미가 말했다.

헤리피민의 기분을 아는지 모르는지.

"동물이 공격을 안 한다고? 어째서?"

헤리피민이 퉁명스럽게 물었다.

지금까지 영미를 믿고.

영미의 능력을 보고 놀랐지만.

동물들이 공격을 하지 않는다는 말은 믿을 수 없었다.

"동물들은 착하니깐. 인간들처럼 야비하거나 음모란 것을 모르거든."

영미가 말했다.

"하하…… 그래서 약한 동물을 잡아먹나?"

헤리피민이 영미를 비꼬는 말투다.

"그거야 먹이 사슬이지. 약한 동물이라서가 아닌데."

정미담이 한마디 했다.

"허……! 언니 동생이라고 편들긴."

헤리피민이 입을 삐쭉 내밀었다.

하늘에서 뚝 떨어진 인간들을 보고 동물들은 재빨리 도망을 쳤다.

그런데

많이 다쳤는지

검은색 짐승 한 마리가 도망을 가려고 발버둥 쳐도 가지 못하고 있었다.

몸이 뚱뚱하고 검은색에 꼬리가 무척 긴 동물.

크기는 인간 정도 크기였다.

도망을 친 동물들은 일정한 거리를 두고 인간들을 경계하기 시작했다.

영미는 검은색 동물에게 다가갔다.

동물은 안간힘을 다해 도망치려고 발버둥 쳤다.

그때,

영미 입에서 무슨 소리를 냈다.

"회요오오 삐리링 회요(넌 왜 다쳤니? 안심해라. 널 해치려는 것이 아니야.)"

영미가 검은 짐승과 대화를 시도한 것이다.

천지장인중 지장인의 전어(동물과 대화를 할 수 있는 언어) 덕택이다.

"으으으…… 정말이야? 날 해치려는 게 아냐? 너 같은 인간들에게 당해서 다쳤는데?"

검은 짐승은 영미에게 그렇게 물었다.

"뭐? 나와 같은 인간들에게? 어디서? 아니 그것보다 우선 너 다친 곳부터 좀 보자! 치료부터 해줄게!"

영미가 검은 동물 상처부터 살폈다.

"지, 지금 언니가 동물과 대화를 하는 것이죠?"

정미담이 영미 모습을 보고 놀라서 헤리피민에게 물었다.

헤리피민은 정미담의 물음을 못 듣고 영미를 바라보며 놀라서 입만 벌리고 있었다.

"저, 저 친구 정말 많이 놀라게 하네. 설마 동물과 대화까지 할 줄은. 저 친구 능력은 어디까지인가……!"

헤리피민은 그렇게 놀라서 영미를 보며 중얼거리고 있었다.

"이, 이건! 광선총에 당한 흔적이다."

영미는 검은 동물 다리에 난 상처가 광선총이 스친 상처란 것을 알았다.

"하찮은 광선총을 사용한다면 천국성보다 100여 년은 문명이 뒤진 별에서 온 자들이다."

영미는 그렇게 생각했다.

천국성에서도 100여 년 전까진 광선총을 주 무기로 사용했지만, 지금은 거의 사용하지 않는다.

일부 개량된 광선총이 남아있긴 하지만 그 성능은 지금 검은 동물에 난 상처처럼 생기지는 않는다.

지금 검은 동물에 난 상처는 구식 광선총에 의한 상처였다.

"잠시 아파도 참으렴. 치료해줄게!"

영미는 품에서 상처에 바르는 약과 금침을 꺼냈다.

침으로 고통을 멈추게 하고 약을 발라 주고 다리에 나무를 대고 부러진 뼈를 맞춰 묶어 주었다.

치료는 빠른 시간에 이루어졌다.

"이제 치료는 됐다. 며칠 지나면 나을 것이다. 아프거나 상처가 생기면 저기 보이는 저 풀 알지?"

영미가 솜털처럼 가시가 잎사귀에 달린 식물을 가리키며 말했다.

"그건 독이 있다고 다들 안 먹는데?"

검은 짐승이 물었다.

"그래! 평상시 먹으면 나중에 상처가 나도 치료가 안 되게 되므로 반드시 상처가 났을 때 저 풀을 먹고 풀에서 나오는 하얀 진을 상처에 바르렴. 그럼 빨리 나을 거야. 네 동료들한테도 잘 가르쳐 주렴!"

영미가 말했다.

"정말? 독이 있는 것이 아니었어?"

검은 짐승이 다시 물었다.

"응. 독은 아니고 먹을 때 잎사귀에 달린 가시 때문에 입안이 잠시 쓰리고 따끔거려. 그러나 상처가 났을 땐 가장 좋은 약초야!"

영미가 말했다.

"응! 응! 그러고 보면 당신은 우리를 해치려던 인간들과 다른 것 같아! 당신 말을 믿을게."

검은 동물이 영미를 보며 두 눈을 껌벅거리며 말했다.

"그래! 믿어줘서 고마워! 그럼 한 가지만 물을게. 너를 이렇게 다치게 한 인간들이 어디에 있는지 알아?"

영미가 검은 짐승에게 물었다.

"다른 동물들은 잡지를 않고 우리들만 잡아가는데 지금도 우리 친구들을 쫓아다니고 있을걸. 저쪽에서.”

검은 동물이 한쪽을 가리키며 말했다.

“내가 그들을 혼내줄게! 넌 다른 친구들과 잘 숨어서 있어라! 다치지 말고.”

영미가 말했다.

“정말 고마워! 꼭 그들을 혼내줘. 응!”

검은 동물은 눈물까지 흘리며 영미에게 앞발을 내밀어 영미 손을 잡았다.

“악수를 하는 것도 아네?”

영미가 악수를 하면서 물었다.

“우리를 죽이는 인간들이 하는 것을 봤어!”

검은 동물이 말했다.

“잠시만 기다려! 그들은 혼내주고 올게!”

영미가 말했다.

“응.”

검은 동물이 대답을 하고 숲속에 가만히 엎드렸다.

“피민아! 미담아! 우린 저쪽으로 가자! 어떤 인간들이 무차별 사냥을 하나 봐!”

영미가 헤리피민과 정미담에게 말했다.

검은 짐승이 가르쳐준 방향으로 손짓을 하면서.

“아, 알았어!”

헤리피민이 대답했다.

마치 깊은 잠에서 방금 깬 것처럼.

놀라서 정신을 잃고 있던 헤리피민과 정미담이 제정신을 차린 것이다.

영미는 검은 동물이 가르쳐준 방향으로 빠르게 날아가기 시작했다.

작은 산을 세 개 넘어 큰 강을 하나 지나 넓은 초원이 나타났다.

프룽.

프르르룽.

커다란 날개가 거센 회오리바람을 일으키며 마치 잠자리 같은 모양의 물체가 두 개가 서 있고.

그 주위로 20여 명의 인간들이 들판에서 사냥을 하고 있었다.

초록빛 광선이 이리저리 뻗어나가며 검은색 동물들을 죽이고 있었다.

다른 동물들은 건드리지도 않고 오로지 검은색 동물만 닥치는 대로 죽이고 있었다.

멀리서 그 광경을 지켜보던 영미.

"우선 저들이 타고 갈 저 이상하게 생긴 우주선부터 없애야 할 것 같다!"

영미가 헤리피민을 바라보며 말했다.

"우주선에 있는 무기를 사용하려고?"

헤리피민이 물었다.

"킥킥…… 저까짓 물건 두 개 폭파시키는데 무슨 우주선 무기까지."

영미는 생글생글 웃으며 손을 내밀었다.

영미 손에는 둥근 하얀 물체가 나타났다.

본래부터 그곳에 있었던 물체처럼.

백원탄.

발명왕이 만든 가장 강한 광석으로 만든 무기.

"척파!"

영미 입에서 작은 소리가 터져 나왔다.

백타성의 파괴용 무학 척파를 백원탄에 사용한 것이다.

백원탄은 영미의 손을 떠나 빠르게 두 잠자리 같은 우주선을 향해 날아갔다.

픽.

간단한 소음과 함께 백원탄은 잠자리 같은 우주선을 그대로 뚫고 지나갔다.

그리고

두 개의 우주선을 뚫고 지나간 후 영미의 수중으로 돌아왔다.

콰콰쾅.

요란한 폭음과 함께 두 대의 잠자리 같이 생긴 우주선은 그대로 폭파되고 말았다.

"뭐지! 무슨 일이야!"

사냥을 하던 인간들은 자신들이 타고 온 우주선이 폭파되자 우왕좌왕했다.

"너희들은 어느 별에서 왔느냐?"

하늘에서 영미 목소리가 들렸다.

인간들은 하늘을 쳐다보다가 깜짝 놀랐다.

마치 하늘 위에 그냥 떠 있는 듯 유유히 하늘을 걷고 있는 영미 모습이 너무도 커다랗게 보였다.

"묻지 않느냐? 너희들은 어느 별에서 왔는고?"

영미가 다시 물었다.

"넌 누구냐?"

인간 하나가 영미를 향해 광선총을 발사하며 물었다.

광선총은 영미의 1자 앞에서 마치 거울에 반사되듯 되돌아가 발사한 인간을 사정없이 뚫고 지나갔다.

크악!

영미를 향해 광선총을 발사하던 인간이 죽자 다른 인간들은 의아한 표정을 지었다.

"다시 묻겠다! 어느 별에서 왔는고?"

영미가 물었다.

"이게!"

다른 인간들 둘이 동료가 죽자 원수라도 갚으려는 듯 영미에게 광선총을 발사했으나 상황은 같았다.

"하찮은 인간들이 뭘 믿고 날뛰는가! 다시 묻겠다. 어느 별에서 왔는고?"

영미가 물었다.

"와! 언니는 정말 신 같아!"

정미담이 멀리서 영미 모습을 지켜보며 옆에서 있는 헤리피민에게 말했다.

"저들도 아마 그렇게 생각할 것이다! 나도 계속 같이 있으면서도 저 친구가 정말 신이 아닌가 생각할 때가 있단다."

헤리피민이 말했다.

그건 사실이었다.

헤리피민은 정말 영미를 알면 알수록 신기했던 것이다.

"저희들은 토양성에서 왔습니다."

인간들이 영미를 신으로 생각하며 엎드려 묻는 말에 대답하기 시작했다.

"왜? 저 검은 동물들을 죽이는고?"

영미가 다시 물었다.

"그, 그건……!"

인간들 중에 대장처럼 자가 사실을 말하기를 꺼렸다.

"죽어야 사실을 말할 텐가?"

영미가 호통을 쳤다.

"사, 사실은……! 흑지 쓸개가 인간들 몸에 좋은 약이 돼서 우리별에 가져가면 값이 비싸거든요. 그래서 팔려고……."

인간들 대장 같은 자는 사실을 말하고 벌벌 떨며 영미의 표정을 살폈다.

검은 동물을 그들은 흑지라 부르나 보다.

"이젠 너희들이 타고 온 우주선도 폭발돼서 돌아가지도 못할 텐데? 어찌할 텐가?"

영미가 다시 물었다.

"연락하면 다시 보내줄 겁니다!"

인간들 대장 같은 자가 말했다.

"누가?"

영미가 물었다.

"토양성에 멀리국이란 나라가 있는데 저희가 그곳에서 왔거든요. 국왕께서 우주선을 다시 보내줄 겁니다!"

인간들 중에 대장 같은 자가 말했다.

"그래? 그렇게 저 동물이 값이 나간단 말이지?"

영미가 물었다.

동물의 값이 비싸거나 꼭 필요하지 않고서야 그 비싼 우주선을 이용해서 이곳까지 와서 사냥을 하겠느냐는 것이 영미의 생각이다.

"그럼요! 쓸개 하나면 우주선 하나와 값이 맘먹거든요. 토양성에서 우주선을 보유한 나라는 우리 멀리국뿐이고요. 우리가 검은 동물을 잡다가 약을 만들어 판매를 하는데 인간들의 불치병을 말끔히 치료하는 명약이거든요. 없어서 못 팝니다."

인간들 중에 대장 같은 자는 자랑스럽게 이야기했다.

그가 하는 말을 종합해보면 토양성에서 유일하게 멀리국만이 우주선을 보유하고 검은 동물을 사냥해서 만든 약이 인간들에겐 더없이 좋은 약이라는 것인데.

약을 만들기 위한 약재료로 검은 동물을 우주까지 와서 사냥해가는 것이다.

그들이 말하는 토양성은 대왕성에서 가장 가까운 별이다.

영미의 전용 우주선으로 불과 1분 정도밖에 안 걸리는 가까운 곳에 있다.

"그렇군! 토양성에서 여기까지 얼마나 걸리는가? 너희들 우주선으로 오는 시간이?"

영미가 물었다.

그들이 만든 우주선 성능이 궁금했던 것이다.

"3일 걸립니다!"

인간들 중에 대장인 듯 보이는 자가 대답했다.

"음…… 토양성에 위치한 너희들 나라 지도를 그려 보아라!"

영미가 마치 명령하듯 말했다.

"네! 네!"

인간들 중에 대장인 듯 보이는 자가 땅바닥에 손가락으로 지도를 그리려고 하자 다른 자가 주머니에서 뭔가를 꺼내 대장 같은 자에게 줬다.

작은 수첩이었다.

"여기에 지도가 있습니다!"

대장인 듯 보이는 자가 영미를 향해 수첩을 든 손을 위로 올렸다.

영미가 손을 살짝 저었다.

휘리릭.

대장 같은 자의 손에 들렸던 수첩이 공중으로 붕 떠서 솟구쳐 올라 영미의 손에 빨리듯 들어갔다.

"이제부터 너희들 손에 들린 무기를 앞에 내려놓아라!"

영미가 말했다.

인간들은 광선총을 모두 바닥에 내려놓았다.

영미가 손을 한번 휘두르자 그들이 내려놓은 무기는 한 줌의 재가 되어 사라졌다.

"자! 헤리피민과 미담이는 이리 와라!"

영미가 멀리서 지켜보던 헤리피민과 정미담을 불렀다.

둘이 얼른 인간들이 엎드린 곳으로 날아왔다.

"저자들의 소지품을 모조리 꺼내 앞에다 놓아라!"

영미가 말했다.

"알았어!"

헤리피민이 인간들의 몸을 뒤져서 소지품을 모조리 꺼내 앞에다 내려놓았다.

영미는 헤리피민이 꺼내 놓은 인간들의 소지품을 모조리 재로 만들어 버렸다.

"더 없나 잘 살펴봐!"

영미가 말했다.

헤리피민과 정미담이 샅샅이 훑어봤지만 없다고 했다.

"이제부터 너희들은 이 별에서 정착해서 산다. 그동안 너희들이 죽인 동물들에게 사죄하며 살아라!"

영미가 말했다.

"네에? 그게 무슨 말씀이세요?"

대장 같은 자와 다른 인간들 몇 명이 그렇게 물었다.

"이제부터 너희들을 태우러 우주선은 오지 않을 것이다. 내가 너희 우주선을 모조리 폭파할 것이니깐."

영미가 생글생글 웃으며 말했다.

"네! 네!"

대장인 듯 보이는 자와 몇 명이 서로 눈치를 주고받으며 회심의 미소를 짓고 대답했다.

"설마. 너희가 요청한 우주선이 이곳으로 올 것이라고 믿는 것은 아니겠지?"

영미가 생글생글 웃으며 물었다.

"……!"

인간들은 다시 눈치를 주고받았다.

"우주선도 이젠 오지 않을 것이다. 믿든 말든."

영미가 생글생글 웃으며 말했다.

인간들은 영미 말을 믿지 않았다.

아무리 신이라 해도 자기들 나라에 우주선이 몇 개인데

그걸 다 어떻게 하겠느냐 하는 생각에서였다.

"피민, 미담. 이제 우리는 저들의 나라 토양성의 멀리국으로 간다.

가서 그들에게 우주에서 동물들을 더 이상 죽이지 못하게 만들어 주
고 와야겠다."

영미가 말했다.

"그래도 급할 건 없으니깐. 조금 더 구경하다가 가자!"

헤리피민이 말했다.

"알았어! 저들을 데리러 오는 우주선만 계속 폭파시키고 있지 뭐.
킥킥."

영미가 말했다.

"그럼 고생들 해!"

헤리피민이 인간들에게 미소를 지으며 말했다.

영미는 다시 검은 동물에게 돌아와서 인간들이 무기를 갖고 있지
않으니 안심하라고 전하고 대왕성 구경을 계속한다.

워낙 큰 별이라서 동물들도 그 종류가 수천 가지도 넘었다.

보이는 것 마다 틀린 동물들이 수두룩했다.

그렇게 구경을 하다가 어느 바닷가 초원을 지나고 있을 때,

"……!"

영미는 이상한 광경을 목격하고 헤리피민과 정미담과 함께 그 광경
을 구경하고 있었다.

동물들이 수천 마리 모여서 뭔가 조용히 기도를 드리는 모습 같았
기 때문이다.

영미는 그중 작은 토끼 같은 동물에게 말을 걸었다.

"지금 뭐 하는 거야?"

영미가 조용히 물었다.

"쉿! 용왕신께서 주무시고 계신다. 조용."

토끼 같은 동물이 속삭이듯 말했다.

영미는 얼른 몸을 공중으로 붕 떠서 높게 날아올랐다.

높은 곳에서 동물들이 향하는 방향 맨 앞을 살펴보았다.

"저것이다! 용왕신이란 것이!"

영미는 공중으로 날아서 조금 가까이 가 보았다.

"헉! 저건!"

영미가 무척 놀라고 있었다.

마치 커다란 용처럼 생긴 뱀이 돌돌 말고 잠자고 있었다.

그 크기는 공룡처럼 큰 동물들보다도 3배 정도는 더 컸다.

몸통 굵기만도 직경 10미터는 돼 보였고.

길이는 무려 500여 미터는 됐다.

거대한 뱀이었다.

"저게 용왕신이라고?"

영미가 기막혔다.

물론 거대하고 힘이 센 동물은 틀림이 없었다.

영미가 다시 공중에서 땅으로 내려와서 소처럼 생긴 동물에게 조용히 물었다.

"용왕신이 뭘 먹고 살지?"

영미가 묻자 소 같은 동물은 잠시 망설이더니 자세히 설명했다.

"한 끼에 우리 같은 동물들을 무려 100마리는 먹어 치워. 우리들이 신처럼 믿는 이유는 용왕신에게 잘 보여야 잡아먹히지 않고 살 수 있거든. 다 잡아먹히지 않기 위해서 따르는 것이야!"

소처럼 생긴 동물이 눈에 눈물이 글썽거렸다.

"왜 그래?"

영미가 물었다.

"우리 마누라와 자식들이 모두 용왕신에게 잡아먹혔어. 기도를 드리지 않고 도망가다가 걸려서."

소처럼 생긴 동물은 주르륵 눈물을 흘렸다.

"못된 동물이구나! 내가 죽여줄게!"

영미가 말했다.

"그러지 말고 어서 도망가! 저 용왕신은 불도 내뿜고 내단이란 것으로 공격하면 바위도 가루가 되거든."

소처럼 생긴 동물이 무섭다는 표정을 지었다.

"흠! 내단이라. 미담이 먹여야겠다!"

영미가 다시 공중으로 붕 떠올랐다.

높이 날아 올라간 영미는 손에 머리핀을 꺼내 들었다.

공요취.

개량된 광선총이었다.

영미 손에 들린 공요취에서 투명한 빛이 용왕신이라는 뱀 머리를 향해 내리꽂혔다.

퍽.

둔탁한 소리가 들렸다.

크르르

뱀이 잠에서 깨며 자신을 공격한 영미를 노려봤다.

영미 손에서 다시 투명한 빛이 뱀 머리통을 때렸다.

퍽.

다시 둔탁한 소리가 들렸다.

크아앙.

뱀은 입을 벌리고 시뻘건 불을 내뿜기 시작했다.

불길은 영미 1자 앞에서 마치 물에 젖은 듯 사라지고 없어졌다.

크르릉……

뱀은 영미를 무섭게 노려보더니 드디어 입에서 둥근 물체를 뱉어 영미에게 무섭게 던졌다.

"킥킥…… 드디어 내단을 던졌느냐?"

영미가 기다렸다는 듯.

손을 내밀어 내단을 움켜쥐었다.

"헉!"

내단을 움켜쥔 영미는 무척 놀랐다.

엄청나게 뜨거웠기 때문이다.

"미담이 입 벌려라!"

영미가 소리쳤다.

영문도 모르고 정미담이 입을 크게 벌렸다.

영미 손에서 내단이 물처럼 변해 정미담 입으로 빗줄기처럼 들어가 버렸다.

"피민이는 미담이 운공 좀 도와줘라!"

영미가 헤리피민에게 소리쳤다.

"아, 알았어!"

헤리피민도 뭐가 어떻게 돌아가는지 눈치 채고 얼른 정미담이 등에 손바닥을 대고 운공을 시작했다.

"킥킥…… 내단 고맙다. 뱀아!"

영미가 용왕신에게 소리쳤다.

"크엉. 넌 누구냐?"

뱀이 영미에게 물었다.

한풀 꺾인 모습으로.

"네가 동물들을 잡아먹으며 신처럼 행세한다기에 혼내주려고 왔다."

영미가 말했다.

"크엉. 제발 살려다오."

뱀은 갑자기 온몸을 부르르 떨며 몸이 수축하기 시작하더니 몸집이 10분의 1 정도로 줄어들었다.

"먹이 사슬인데 널 죽이기야 하겠느냐. 네가 예전 같지가 않으니 다른 동물들이 널 가만 놔둘까. 그게 걱정이다!"

영미가 말했다.

"크엉. 고맙다. 난 물속으로 돌아가면 된다. 거기가 내가 살던 곳이니까."

뱀은 말을 마치고 재빨리 근처 물속으로 도망갔다.

"와아! 고맙다! 인간이여!"

동물들이 영미에게 몰려들어 고맙다는 인사들을 했다.

그 광경을 지켜보는 헤리피민에게는 영미가 더욱 커 보이고 있었다.

영미 같은 친구를 둔 것이 마냥 기쁘고 자랑스러웠다.

"미담이가 이젠 500년은 수련한 것과 같은 체력을 갖게 됐구나! 쓸 만한데."

영미가 정미담이 몸 상태를 살펴보더니 만족한 표정을 지었다.

"하하하…… 대왕성에서 미담이만 기연을 얻은 것이군!"

헤리피민이 호탕하게 웃었다.

토양성(土陽星)

우주에는 토양성과 토음성이란 별이 있다.

토양성은 생명체가 살지만, 토음성엔 생명체가 없는 것으로 전해졌다.

토양성의 크기는 천국성의 1.5배에 달하는 큰 별에 속한다.

지구와 비슷한 바다와 육지가 골고루 분포되어 생명체가 다양하게 살아간다.

토양성을 지배하는 것은 칠지인 이라고 부르는 인간들.

손가락이 7개로 이름을 그렇게 붙였다.

천국성과 비교하면 약 200년은 문명이 뒤떨어진 별이고

지구에 비교하면 약 200년은 앞선 문명을 갖고 있다.

토양성에는 인간들이 약 100억 명 이상 살아가고 있으며 크고 작은 국가만도 무려 300여 개에 이르고 있었으나,

멀리국이라는 나라가 약 250여 개 나라를 뺏어 90억 명 이상의 대국이 되어 있었다.

멀리국에서도 가장 막강한 힘을 갖고 있는 것은 국왕이었다.

국왕이 집적 관리하는 주영단.

모든 것이 극비에 가려진 단체.

우주선만 무려 50여 대를 보유하고

작은 나라 정도는 단 한방에 재로 만들 수 있는 막강한 무기를 보유한 단체.

어떻게 보면 토양성을 지배하는 것은 사실상 주영단이다.

노잉지걸.

주영단의 단장.

멀리국왕 노잉빈리의 아들이다.

90억 인구의 생사여탈권을 쥐고 있는 인물답지 않게 그는 20대 젊은 남자였다.

얼굴의 5분지 1은 두 눈이 차지할 만큼 큼직한 눈이 토양성 인간들의 특징이다.

노잉지걸은 더욱 유난히 눈이 컸다.

그런 그의 눈이 더욱더 커졌다.

지금 그의 앞에 엎드려 보고를 하는 40대 남자의 말 때문이다.

"단장님! 큰일 났습니다. 원인도 알 수 없는 폭발로 우주선 50여 대가 전부 가루가 됐습니다."

40대 남자는 부들부들 떨며 보고를 올리고 있었다.

"원인을 알 수 없다니? 그걸 말이라고 하느냐?"

노잉지걸은 믿을 수 없는 표정이다.

그렇다고 지금 자신한테 거짓 보고를 올린다고는 생각하지 않았다.

"이미 우주로 떠난 우주선도, 토양성의 우주선도 모두 폭발됐다는 보고입니다!"

40대 남자는 사시나무 떨듯 온몸을 떨었다.

"뭐라고? 그럼 이제 우주선이 하나도 남아있지 않다는 것이냐?"

노잉지걸이 얼마나 화가 났는지 움켜쥔 단단한 나무 의자 손잡이가 가루로 변해 날아갔다.

그때 다시 문이 열리며 누군가 황급히 뛰어 들어왔다.

"다, 단장님! 단장님!"

20대 아름다운 여자였다.

"무, 무슨 일이냐?"

노잉지걸이 뛰어든 여인을 보고 물었다.

"우주 연구소가 폭파되고 연구원 전체가 죽었다 합니다!"

20대 여인은 부르르 온몸을 떨며 엎어지듯 바닥에 부복했다.

"뭐? 우주 연구소가? 이게 무슨 날벼락이냐?"

노잉지걸이 벌떡 일어섰다.

우주연구소.

모든 우주선을 개발하고 우주선을 만들며

가공할 무기들을 연구 생산까지 하는 주영단의 숨겨진 힘이었다.

특히 우주연구소의 연구원들은 멀리국에서도 수십 년 동안 공들여 키운 박사들로서 멀리국의 힘은 그들에게서 나왔다.

그런 그들이 죽었다면,

이제 멀리국은 끝장이었다.

지금까지 인간의 생명을 담보로 신약을 팔아 그 돈으로 무기를 생산하고 우주선을 만들어 그 신약의 재료를 구해왔는데

우주선이 없으면 그 신약 재료는 구할 수 없을 것이고

연구원들과 연구소가 없으면 우주선을 만들 수가 없다.

가공할 무기도 만들 수 없다.

그런 사실을 알면,

지금까지 집어삼킨 나라들이 반란을 일으킬 것이고

멀리국은 그걸 막을 힘이 없었다.

"이제 어떻게 합니까? 지배를 당하던 나라들이 반란이라도 일으키면?"

40대 남자가 노잉지걸에게 물었다.

"주영군이 있는 이상 반란은 없다!"

노잉지걸은 멀리국 주영단의 친위부대 주영군을 생각했다.

광선총으로 무장한 최첨단 군대.

그들의 힘은 막강했다.

90억 인구를 위협하기엔 충분했다.

숫자는 많지 않지만 가공할 무기를 보유한 주영군.

"그러나, 믿을 수 없다! 어떤 적이 그런 가공할 힘을…. 즉시 주영군에게 비상령을 전해라!"

노잉지걸은 침착성을 되찾으며 대항할 방법을 찾기 시작했다.

그때였다

문이 벌컥 열리며 30대 남자가 뛰어 들어왔다.

"혀, 형님!"

노잉지걸이 뛰어든 30대 남자를 바라보며 놀라움 반, 반가움 반으로 불렀다.

노잉지혐.

노잉지걸의 가장 큰 형이다.

바로 노잉지걸이 아직도 믿고 있는 주영군의 대장.

멀리국의 군권을 쥐고 있는 그다.

"큰일 났다! 주영군의 무기고가 전부 파괴됐다. 남은 것이라고는 군인 개개인이 소유한 광선총 정도가 고작이다. 어떤 적이냐? 넌 뭐 알고 있는 것이 있느냐?"

노잉지혐이 노잉지걸에게 물었다.

"네! 네! 토양성에 사냥 갔던 13조 조장으로부터 급한 연락이 하나 왔었습니다!"

노잉지걸이 말했다.

"뭐라고?"

노잉지혐이 물었다.

"어떤 여신이 자신들의 우주선을 파괴하고 무기를 재로 만들었으며 몸에 소지품을 검사한다고. 또다시 보내는 우주선도 파괴할 테고 우리 멀리국 지도를 받아 이곳으로 향할 것 같다고. 그녀는 인간이 아니라 신이라고 했습니다. 그것이 마지막이었습니다. 그 후 연락이 두절됐으며 그들을 데리러 간 우주선도 대기권 밖에서 폭발되었습니다. 다시 보낸 것도. 우주에서 다른 임무를 수행 중이던 것도 모조리 폭발을 일으키며 재가 되었습니다. 방금 이곳 토양성 우리 멀리국 우주연구소와 우주선 전부가 재가 되었다고 합니다. 우연의 일치는 아닐 겁니다. 바로 그 여신이라는 적 같습니다!"

노잉지걸이 아는 대로 설명했다.

"그런 일이 있으면 미리 알려줬어야지. 그래야 준비를 했을 것 아니냐?"

노잉지혐이 노잉지걸에게 원망의 말을 했다.

"아마마마께는 바로 말씀 드렸습니다만…… 불과 하루 전에 일어난 일입니다."

노잉지걸이 말했다.

"뭐라고? 하루 전? 그렇다면 토양성에서 이곳까지 하루 만에 왔다는 이야기냐? 세상에 그렇게 빠르게 올 수 있다고 하느냐? 태양빛이라면 모를까. 우리 우주선이 음속의 100배에 달하는 속도지만 토양성까진 3일 걸린다. 그걸 믿으라고?"

노잉지혐이 노잉지걸을 바라보며 믿을 수 없다는 투로 말했다.

바로 그때.

"하찮은 인간들이 어찌 믿겠는가?"

언제 나타났는가.

노잉지걸이 앉아있던 의자에 이미 오랫동안 앉아 있던 것처럼 영미가 편안히 앉아서 이야기를 하고 있었다.

"헉! 너, 넌 누구냐?"

노잉지걸과 노잉지험이 동시에 외쳤다.

20대 여인과 40대 남자도 놀라 동시에 몸에서 광선총을 꺼내 영미에게 겨눴다.

"킥킥…… 장난감 같은 무기로 장난을 하면 죽음이 뒤따른다. 미리 경고하는 데 목숨을 소중히 생각하라!"

영미가 의자에 편하게 앉아서 손짓으로 노잉지걸과 노잉지험을 앉으라는 신호를 하며 말했다.

"혹, 혹시?"

노잉지걸이 뭔가 생각이 나는 듯 물었다.

"맞아! 네가 생각하는 여신이 바로 나야! 너희가 보낸 우주선도 다 내가 재로 만들었고. 우주연구소인가 뭔가 하는 곳도 다 내가 없애 버렸어. 무기고와 너희 주영군을 손봐주라는 명도 내가 내렸고. 킥킥…… 더 알고 싶은가? 얼른 앉지."

영미가 말했다.

"푸하하…… 네가? 어디서 미친녀…… 크악!"

노잉지험이 영미에게 욕을 하려다가 비명을 지르며 나가떨어졌다.

입에서 연신 피를 토하며 무릎을 꿇고 엎어졌다.

"누가 감히 언니에게 욕을 하랬어?"

언제 나타났는지.

정미담이 노잉지혐의 허리를 발로 밟고 서 있었다.

"너희들, 그 손에 든 장난감도 내려놓지!"

정미담이 40대 남자와 20대 여자의 손에든 광선총을 턱으로 가리키며 말했다.

"……?"

40대 남자와 20대 여자는 노잉지걸에게 어떻게 하느냐고 표정으로 물었다.

"내려놓고 물러나 있어라!"

노잉지걸이 명령을 내렸다.

이미 영미와 미담이 자신의 상대가 아니란 것을 느끼고 그렇게 명을 내린 것이다.

"보기보단 똑똑하군! 너의 그 똑똑함이 너와 너의 부모를 살렸다. 자! 그럼 너와 너의 부모를 살려주는 조건을 말하겠다!"

영미가 말했다.

"자, 잠깐만요!"

노잉지걸이 손을 들어 영미의 말을 막았다.

"뭐냐?"

영미가 물었다.

"당신은 누구며 왜 우리를 공격하는 것입니까? 그 이유를 물어봐도 되겠습니까?"

노잉지걸이 영미에게 물었다.

노잉지걸로선 가장 알고 싶은 것이었다.

영미가 누군지.

왜 자기들을 공격하는지.

신이라고 하기엔 뭔가 석연치 않은.

"흠……! 이유라?"

영미가 되물었다.

"네! 그렇습니다! 그리고 이제 그만 우리 형님은 놔주시면 안 되겠습니까?"

노잉지걸이 영미를 보고 대답하고 정미담에게 노잉지험을 밟고 있는 발을 그만 치워 달라는 부탁을 하고 있었다.

"먼저 욕을 하던 입부터 씻어야 하지 않을까?"

정미담이 노잉지험 머리를 발로 툭툭 찼다.

"형님!"

노잉지걸이 노잉지험을 바라보며 눈짓을 했다.

이제 그만 사과를 하라는 것인데

자존심이 상한 노잉지험이 순순히 사과를 할 리 없었다.

정미담이 허리를 밟고 있던 발을 노잉지험 머리 쪽으로 옮겼다.

"미, 미안합니다!"

노잉지험은 굴욕스럽다는 듯 얼굴을 찌푸리며 겨우 사과의 말을 했다.

"미담아!"

영미가 미담이를 불렀다.

"웅! 언니!"

미담이 대답했다.

"그만 놔 주렴!"

영미가 말했다.

"한 번만 더 주둥이 놀리면 그땐 입을 찢어 주겠다!"

정미담이 발로 노잉지혐의 옆구리를 툭 차고는 뒤로 물러났다.

노잉지혐이 얼굴을 붉히며 일어섰다.

"앉아라!"

영미가 말했다.

손으로 노잉지혐에게 앉으라는 신호를 하면서.

노잉지혐은 영미 맞은편 노잉지걸의 옆에 앉았다.

"난 우주를 여행하는 여행객이다! 여행을 하다가 너희들이 무차별 사냥을 하는 것을 봤고. 대왕성에서 동물들을 죽인 죄를 묻고 있는 것이다! 내가 타고 다니는 우주선엔 너희들 별 토양성쯤은 단번에 가루로 만들 무기가 장착되어 있지만 생명을 그렇게 죽일 수 없어서 너희들이 다시는 대왕성 동물들을 죽이지 못하도록 만드는 중이다. 그게 이유다."

영미가 말을 마쳤다.

"허……! 여행객? 어느 별나라에서 우주를 여행하시는 분이신지? 그까짓 동물들 죽였다고 우리를 공격한다는 것은 좀. 너무하다고 생각하지 않습니까?"

노잉지혐이 화를 내며 물었다.

"혀, 형님!"

노잉지걸이 노잉지혐의 말을 듣고 당황하며 입 조심하라는 듯이 불렀으나 이미 늦었다.

"뭐? 그까짓 동물들? 내 눈엔 너희도 그까짓 동물에 속한다. 너희는 뭐가 더 특혜를 받아야 한다고 생각하느냐?"

영미가 무섭게 노잉지혐을 노려보며 물었다.

"어찌 인간과 동물을 같다고 하십니까?"

노잉지혐이 반박하고 나섰다.

"혀, 형님! 그만 하세요!"

노잉지걸이 노잉지혐의 입 때문에 큰 사달이 날 것을 염려하여 입을
막으려고 다시 고함을 쳤다.

그러나,

이미 뱉어버린 말을 어찌 주워 담을까.

"이런! 하찮은 너도 동물인데 누구보고 동물이라고 하느냐? 그런 넌
무슨 신이라도 되는 줄 아느냐? 곱게 살려주려고 했더니 안 되겠다.
미담이 네가 손 좀 봐줘라!"

영미가 말했다.

무척 화가 난 표정으로.

"알았어! 너……! 이리 와!"

미담이 노잉지혐 뒷덜미를 손으로 잡고 질질 끌고 밖으로 나갔다.

"왜, 왜 이러십니까? 형님을 살려 주십시오!"

노잉지걸이 영미에게 애원하듯 말했다.

그러나,

밖으로 나갔던 정미담이 곧바로 손을 탁탁 털며 들어왔다.

"큭. 형님!"

노잉지걸이 눈물을 흘렸다.

"자! 이제부터 너를 살려주는 조건을 말하겠다!"

영미가 말했다.

노잉지걸은 눈물을 옷소매로 닦으며 영미를 바라보았다.

많이 원망하는 눈초리다.

"너희들 멀리국에 있는 모든 무기들을 내일까지 주영단 본부 앞 광장에 갖다 놓아라! 더 이상의 조건은 없다. 그렇게 한다면 너와 너희 부모는 물론 너희 백성들까지도 고스란히 살려주마! 단 하나라도 숨겨두었다가 발각되면 주영군 전체를 몰살할 것이다. 너와 너희 부모는 물론이고 너희 왕족들 모두 죽일 것이다."

영미가 말했다.

"무기를 모두? 그건 우리 멀리국이 자살하라는 것과 다름이 없습니다."

노잉지걸의 말은 맞았다.

무기를 없애 버리는 순간 지금가지 지배를 받아왔던 국가들이 너도 나도 멀리국을 멸하려 들고 일어날 것이기 때문이다.

"흠……! 그래?"

영미가 노잉지걸의 말에도 일리가 있다는 듯 고개를 끄떡거렸다.

"네! 사정을 좀 봐주십시오!"

노잉지걸이 말했다.

"그래……! 사정이 그렇다면 주영군이 소지한 광선총만 회수하겠다. 내일까지다! 서투른 행동은 화를 부른다는 것을 잊지 마라!"

영미가 의자에서 일어나는가 싶더니 정미담과 함께 연기처럼 사라졌다.

"헉……! 정말 여신인가……! 아니면 우리보다 몇백 년이나 앞선 문명의 별에서 온 사람인가."

노잉지걸이 혼자 중얼거렸다.

중얼거리던 노잉지걸은 갑자기 노잉지험이 생각나서 밖으로 나가보았다.

"휴……!"

다행인가.

노잉지혐은 입에 재갈을 물린 채 꽁꽁 묶여 있었다.

죽이지는 않은 것이다.

노잉지걸은 다행이라는 듯 길게 한숨을 쉬었다.

다음날,

멀리국의 성지.

주영단 본부 앞 광장.

진풍경이 벌어지고 있는 가운데 각국의 취재 기자들도 어떻게 알았는지 수십 대 카메라를 들이대고 사진을 찍고 있었다.

거의 100만 평은 되는 큰 광장에 주영군이 하나하나 갖다 놓은 광선총들이 산을 이루고 쌓여 있었다.

그리고 그 광선총 더미 위.

하늘 높이 둥둥 떠 있는 영미 모습이 취재 기자들의 표적이었다.

"지금부터 여러분들이 갖다 놓은 살상 무기인 광선총을 없애겠다. 내가 들고 있는 것 또한 광선총의 일종인데 여러분들이 갖다 놓은 광선총과 틀릴 것이다. 여러분들이 갖다 놓은 광선총은 광선이 짧게 토막 되어 날아가 하나의 표적만 죽이지만, 내가 들고 있는 광선총은 그냥 불빛 같아 움직이는 대로 모두 죽이는 무기가 되겠다. 이것으로 여러분들의 광선총을 재로 만들 것이다."

영미가 말을 마치고 손에 머리핀 모양의 작은 광선총으로 산더미 같은 광선총들을 향해 투명한 빛을 비추기 시작했다.

푸시시.

투명한 빛이 스쳐 가는 곳엔 산처럼 쌓인 총들이 재가 되어 흩어지고 있었다.

우우우…….

수많은 관중들과 취재기자들의 입에서 놀라움의 탄성이 터져 나왔다.

잠시 시간이 흐르고

산 같은 광선총 더미는 한 줌의 재로 변했다.

"멀리국은 그동안 신약이라는 것을 개발하여 수많은 동물들을 죽이고 많은 국가들을 지배하며 토양성의 왕 노릇을 했지만, 이제부터는 멀리국이 지배하던 국가들의 반격을 받을 것이다. 돌려줄 것은 다 돌려주고 마음을 비운다면 더 이상 멸망은 없을 것이다. 차후, 다시 한 번 내가 이곳을 방문하여 악행을 저지른다면 반드시 멸하고 갈 것이다."

영미가 차분히 말을 마쳤다.

와……

지배를 받던 관계자들은 함성을 질렀고

지배를 하던 자들은 한숨을 쉬었다.

그리고

헤리피민과 정미담이 함께 공중으로 날아오르는가 싶더니

영미 일행은 순식간에 까만 점이 되어 구름 위로 사라졌다.

"오……! 신이시어! 감사합니다!"

"우주 최강의 신이시어."

지배를 받던 관계자들은 영미가 사라진 하늘을 바라보며 감사의 눈물을 흘렸다.

그러나

영미가 사라지는 것을 바라보는 노잉지걸의 입가에는 알 듯 모를 듯 미소가 남아 있었다.

토양성의 큰 나라.

멀리국.

그 어느 깊은 계곡.

작은 오솔길 같은 도로가 꼬불꼬불 이어져 있었다.

계곡으로 꼬불꼬불 이어진 작은 도로를 따라 한참을 들어가면 꽤 큰 동굴이 하나 나왔다.

동굴 입구엔 무장을 한 군인들이 동굴 양쪽으로 2명씩 모두 4명이 서 있었다.

동굴을 들어가면 자동으로 웅장한 철문이 열리는데

그 안에

엄청난 규모의 공장이 있었다.

"어서 서둘러라! 주영군에게 보급할 신무기를 싣고 빨리 가야 한다. 늦으면 다른 국가들이 반란을 일으킬 것이다. 흐흐…… 어차피 버려야 할 무기들인데 그걸 모르고. 흐흐……."

노잉지걸이 흐뭇한 웃음을 지으며 일꾼들을 독촉하고 있었다.

"그래도 우주선은 다 없어져서 이젠 사냥도 마음대로 못 할 것 같아!"

노잉지험이 옆에서 안타깝다는 투로 말했다.

"앞으로 몇십 년은 노력하고 키워야 우주선을 만들 박사들을 준비

할 텐데. 큰일입니다!"

노잉지걸이 아쉬운 표정으로 말했다.

"아무튼 신은 아닌 모양이다. 여기 이런 공장이 있는 줄은 모르고 갔으니 말이다. 아마도 우리들보단 최소 100년은 앞선 문명의 세계에서 온 계집애 같…… 크악!"

노잉지험이 다시 영미를 욕하다가 비명을 질렀다.

노잉지걸은 피를 흘리며 쓰러진 형 노잉지험을 바라보며 의아한 표정을 지었다.

노잉지험은 부르르 떨더니 축 늘어졌다.

"입을 항상 조심하랬지!"

동굴 천정에서 목소리가 들렸다.

노잉지걸이 얼른 동굴 천정을 쳐다보았다.

"헉!"

떠난 줄 알았던 영미 일행이 천정에 붙어서 웃고 있었다.

"어, 어떻게?"

노잉지걸이 물었다.

어떻게 여길 알았느냐 하는 것이다.

"만약을 몰라서 네 목소리를 추적하고 있었다. 네가 진실을 보인 것 같지가 않아서 말이다."

영미가 생글생글 웃었다.

"모두 뭐 하느냐? 저자들을 쏴라!"

노잉지걸이 동굴을 수비하던 군인들에게 명령을 내렸다.

"킥킥……."

영미가 생글생글 웃더니 연기처럼 사라졌다.

헤리피민과 정미담도 같이 사라졌다.

"헉! 모두 밖으로 뛰어라! 위험하다!"

노잉지걸이 동굴 밖으로 뛰어가며 소리쳤다.

그러나

콰콰쾅!

요란한 폭음이 들리며 계곡엔 버섯구름이 피어올랐다.

동굴이 있던 자리는 움푹 파인 채 재가 되어 흩어지고 있었다.

"가자! 끝났다!"

영미가 헤리피민과 정미담에게 말했다.

"아…… 알았어!"

정미담과 헤리피민이 대답을 하며 영미를 따라 산 위로 날아갔다.

산 위엔.

영미의 전용 우주선이 내려와 주인을 기다리고 있었다.

영미 일행은 우주선을 타고 순식간에 사라졌다.

꿈틀.

하얀 옷을 입은 여인이 흙먼지 속에서 꿈틀거리고 일어섰다.

"호호호……."

여인은 비통하게 웃었다.

바로 노잉지걸에게 보고를 하던 아름다운 20대 여인이었다.

"나를 살리기 위해 오빠들이 나를 숨기고 죽었다. 제3의 비밀 공장이 있다는 것을 감추는 데 성공했지만, 오빠들 둘이 죽었다. 호호

호:⋯⋯ 이 원수를 어떻게 갚을 수 있을까!"

여인은 원한이 서린 목소리로 울부짖더니 계곡 위쪽으로 몸을 날렸다.

작은 동굴이 하나 나타났다.

여인은 그 동굴로 들어갔다.

동굴 속엔

조그만 공장이 돌아가고 있었다.

"호호호. 멀리국 주영단만 있는 줄 아는가. 나 노잉지란이 이끄는 주란회가 있다는 것을 모를 것이다. 들어라. 주란회는 지금부터 신무기로 무장을 하고 왕궁을 보호하러 간다!"

노잉지란이 어둠을 향해 소리쳤다.

"존명!"

수많은 여인 목소리가 하나같이 동시에 들려왔다.

"호호호⋯⋯ 이 원수는 반드시 되갚아준다. 기다려라!"

노잉지란이 한이 뚝뚝 떨어지는 말을 마치고 어둠 속으로 사라졌다.

휘잉.

노잉지란이 사라진 동굴엔 차가운 바람만 스쳐 갔다.

천국성 간 수민이 이야기

2개월.

수민이 일행이 천국성에 온 지 2개월이 됐다.

선리와 수민이가 머리를 맞대고 뭔가 이야기를 주고받고 있었다.

"그들이 오늘은 틀림없이 나타날 것이야."

선리가 말했다.

"어디에 나타날까?"

수민이가 물었다.

"아마도 그 연못이 아닐까. 그동안 우린 전혀 그 연못을 조사하지 않았으니 안심하고 올 것이야. 그러니 수민이는 오늘 밤 그들 본거지를 알아봐. 조심하고, 직접 움직이지 말고 곤충 로봇을 시켜. 그게 언니의 명이야."

선리가 말했다.

"알았어."

수민이는 어깨에 붙어있는 초록색 여치를 손으로 만지며 대답했다.

"혹시 모르니 하나 언니의 나비도 데리고 가."

선리가 말했다.

"이제 알겠어. 스승님이 왜 선리를 이곳으로 보냈는지. 역시 빈틈이 없어."

수민이가 엄지손가락을 치켜세우며 일어섰다.

"조심해."

선리가 말했다.

"헌데 아직도 의문은 있단 말이야."

수민이가 갑자기 돌아서서 선리를 보고 말했다.

"뭐가? 국영이?"

선리가 웃으며 묻는다.

"맞아! 국영이는 왜 적들을 잡으라고 이곳으로 보냈는지 그걸 모르겠어."

수민이가 고개를 갸웃하며 말했다.

그때 문이 열리며 국영이가 들어왔다.

"알아냈어."

국영이 들뜬 표정으로 말했다.

"무엇을?"

수민이가 급히 물었다.

"천국성에서 지난 100년간 꾸준히 동일한 금액의 돈이 지출된 곳을."

국영이 말했다.

"그게 뭐?"

수민이가 별것 아니라는 투로 물었다.

"어떤 한 가지를 위해 꾸준히 비슷한 금액이 투자됐다는 증거겠지."

선리가 빙긋 미소를 지으며 말했다.

"맞아! 그것도 100년간 같은 무엇을 위해 투자가 이루어졌다는 것이지. 그건 드문 일이고. 간추려 말하면 지난 100년간 인조인간을 만들기 위해 꾸준히 비슷한 금액이 지출됐다는 것이야."

국영이 자랑스럽게 말했다.

"아하! 이제야 의문이 풀렸네. 그러니까 돈 놀이 전문가인 국영을 이곳으로 보낸 이유가 자금의 흐름을 파악하라고? 큭큭…… 역시 스승님은."

수민이가 존경스럽다는 투로 말했다.

"그곳이 어디에요?"

선리가 국영에게 물었다.

"등잔 밑이 어둡다고. 황실이야."

국영이 어이가 없다는 투로 대답했다.

"좋아! 그럼 확실하게 오늘 밤 그들을 잡는다."

수민이가 두 주먹을 불끈 쥐더니 밖으로 나갔다.

밤이 왔다.

어둠 속에서 느끼기도 쉽지 않은 작은 바람이 일더니 연못 속에서 검은 그림자가 나와 어디론가 빠르게 움직이고 있었다. 그림자는 높은 담장을 넘어 커다란 건물로 들어갔다.

태왕전.

건물 입구엔 그렇게 간판이 붙어 있었다.

바로 왕궁이다. 현재 황제가 기거하는 곳이다.

그림자는 왕궁 지리가 익숙한지 요리조리 건물 사이를 지나 어느 건물로 들어갔다. 왕궁 지하실.

"그들의 정체는?"

방금 들어 온 그림자를 향해 여인의 목소리가 급히 물었다.

"지구라는 곳에서 온 사람들입니다. 평범한 일반인은 아닌 듯 보입니다."

그림자가 공손히 대답했다.

"이런! 바보 같은! 꼬리를 달고 오다니."

갑자기 여인이 그림자를 향해 호통을 쳤다.

"네에? 꼬리라니요?"

그림자가 어리둥절해서 주위를 살폈다.

"아무것도 없는데요?"

그림자는 아무것도 없자 오히려 여인을 향해 반문했다.

"이런! 내가 너무 과민했나. 벌레 움직임에 긴장을 하다니."

여인은 창문으로 날아가는 나비 한 마리를 보며 쓴웃음을 지었다.

"네! 너무 긴장하신 것 같습니다."

그림자가 말했다.

"현재 만든 것들 모두 소집시켜라. 독문부터 쓸어버려야겠다."

여인이 말했다.

"42명 모두요?"

그림자가 오히려 반문했다.

"그래. 가장 빠르게 소리소문없이 독문을 쓸어버리고 다시 잠적해야 한다. 그래야 우리 정체가 노출되지 않지."

여인은 하얗게 웃었다.

"알겠습니다."

그림자는 꾸뻑 인사를 하고 막 밖으로 나갔다. 헌데 뭔가 지나가는 소리가 들리며 그림자가 푹 꼬꾸라졌다. 움직임도 없었다.

"헉!"

여인은 소스라치게 놀라 벌떡 일어섰다. 그림자의 몸속에서 여치 한 마리가 기어 나왔다. 피를 흠뻑 뒤집어쓴 모습으로.

"저건 뭐지?"

여인은 그림자에게서 나온 여치를 보며 부르르 떨었다.

"뭔가 위험하다. 도망가야 한다. 내가 만든 인조인간들이 모이기도 전에 적이 오면 나 혼자서 상대 할 수가 없다."

여인은 급히 비밀 통로를 향해 돌아섰다.

"헉! 너희들은 누구냐?"

여인은 소스라치게 놀라 소리쳤다. 여인 앞에는 청년들 3명이 이미 길을 막고 있었다.

"킥킥…… 이제 찾았네. 야두리혁의 둘째 부인 심효주. 아니 생사인 사부의 사모님이라고 해야 하나."

수민이가 킥킥 웃으며 들어섰다. 그 뒤를 지수와 하나가 들어왔다.

"이…… 이런! 제길! 내 새끼들이 오기도 전에 이게 무슨 일이람."

심효주가 난감해하며 앞을 가로막은 청년들을 공격하려고 했다.

"컥!"

비명이 터졌다. 심효주 입에서 터진 비명이다. 청년이 번개같이 손을 뻗어 심효주 목을 움켜쥔 것이다.

"컥! 이건 인간이 아니다. 로봇이다."

심효주는 자신을 움켜쥔 손이 쇳덩이라는 것을 알았다. 벗어날 수 없다는 것도 알았다.

"이렇게 끝나는 것인가. 내 100년의 노력이."

심효주는 어이없어서 맥이 풀렸다.

파하.

벽이 부서지는 소리와 함께 42명이 날아 들어왔다. 심효주는 희열에 차 있었다. 자신이 만든 인조인간이 도착해준 것이다. 허나,

우두둑.

로봇의 손에 심효주는 목이 부러지고 말았다. 그렇게 천국성을 정복하려고 100년의 긴 세월을 숨어 음모를 진행했는데 로봇이라니. 현대 과학으로 탄생한 로봇에 의해 한 많은 심효주 인생은 끝나고 말았다.

여치와 나비, 그리고 도마뱀까지. 곤충형 로봇은 인조인간들을 마치 종잇장 지나치듯 뚫고 지나다녔다. 청년 로봇들은 인조인간을 닥치는 대로 부러뜨려 버리고, 찢어 버리고… 지하실은 자욱한 피비린내로 가득했다. 하지만 하나와 지수는 인조인간들에게 고전을 면치 못하고 있었

다. 수민이만 겨우 하나둘씩 여유롭게 상대를 하고 있었다. 수민이 눈이 파랗게 빛나며 손에 침 같은 무기를 10개 들고 인조인간을 향해 던졌다.

파하.

10개의 침은 인조인간들을 향해 날아가다가 100개로 변해 사정없이 인조인간들 몸으로 깊이 박혔다. 그리고 다시 폭발을 했다. 인조인간들은 몸이 걸레가 되어 흩어졌다.

"스승님이 준 혼천기로 개발한 무기가 이들에겐 효과적이네."

수민이가 이마에 땀을 닦으며 말했다.

어느덧 인조인간들은 모두 죽었다. 심효주도 죽었다.

우르르.

독문의 사람들이 독군을 선두로 몰려왔다.

"조용히 그리고 아무도 모르게 시체들을 처리한다. 소문이 퍼지면 천국성은 소란스럽게 된다. 서둘러라."

독군이 말했다.

"네!"

독문의 사람들은 동시에 대답하고 시체 위에 약품을 뿌리기 시작했다. 순식간에 시체들은 재가 되어 흩어지고 있었다.

"이제 우리들이 할 일은 다 했으니 지구로 돌아갑시다."

지수가 큰 소리로 말했다. 모두 동의한다는 뜻으로 고개를 끄덕였다.

"나는 지구로 갔다가 우주여행이나 하면서 다시 올 겁니다."

국영이 말했다.

"저도요."

수민이도 말했다. 지수도 고개를 끄덕였다. 하나와 선리만 그냥 웃고 있었다.

영미의 지난 이야기

3란성.

작은 별 두 개가 큰 별 하나를 빙빙 돌고 있는 별.

큰 별이라고 하나 사실상 천국성보다 조금 작은 별이다.

지구로 따지면 반 정도 크기라고나 할까.

천국성에선 그 별을 3란성이라 부른다.

천국성에서 거리로는 빛의 1.2배 속도로 날아가는 영미의 우주선으로 1달 5일 걸리는 먼 거리다.

영미 일행이 그 별을 탐험하고 천국성으로 돌아가려면 적어도 35일 이상 걸린다.

그래서 영미와 헤리피민은 생각해 낸 것이

3란성을 구경하고 천국성으로 돌아가는 길에 다른 별 하나를 더 둘러보기로 했다.

우주엔 이름도 모르는 별들이 무수히 많지만

3란성에서 천국성으로 돌아가는 길엔 아직 이름을 붙이지 못한 별이 2개가 있었다.

생명체가 살지 못하는 것으로 밝혀진 별들.

그것을 탐험하기로 생각을 굳혔다.

그것은 영미 생각이다

영미가 약초가 자생하는지 그것을 알기 위해 이름이 없는 별을 탐험하기로 했다.

영미의 전용 우주선.

빛의 1.2배 속도로 날고 있지만 사람이 자유롭게 움직이며 생활을 할 수 있을 정도로 속도감을 느끼지 않는 우주선 안 공간은 정미담에겐 또 다른 새로운 경험이었다.

컴퓨터도, 핸드폰도, 게임기들도.

정미담에겐 신기한 물건들이었다.

헤리피민이 정미담에게 하나씩 사용법을 가르쳐주고 있었다.

"이런 것을 잃어버렸단 말이죠?"

정미담이 핸드폰을 들고 헤리피민에게 물었다.

"그래! 아마도 토양성 멀리국 마지막 동굴 공장 폭파할 때 떨어뜨린 것 같아!"

헤리피민이 말했다.

헤리피민이 토양성을 떠나올 때 핸드폰을 떨어뜨린 것이다.

추적 장치로 찾아보니 동굴 폭파할 때 그 동굴에 같이 묻힌 것으로 위치가 나타났다.

그래서 그냥 핸드폰을 버린 채 떠나고 있는 것이다.

동굴 속에 묻힌 것을 찾기가 힘들 테니깐.

"이것으로 아무리 멀리 떨어진 별에 있어도 서로 대화가 가능하단 말이죠?"

정미담이 핸드폰을 들고 헤리피민에게 꼬치꼬치 묻고 있었다.

"그럼! 그럼! 어디서든지 가능하지. 단 이 우주선이 근처에 있을 때만."

헤리피민이 말했다.

"그 이유는 왜죠?"

정미담이 다시 물었다.

"이 우주선이 전파를 중계하는 역할을 하거든. 하지만 시간이 많이 차이가 나므로 여기서 너의 언니가 사는 별에 있는 사람과 서로 대화를 한마디씩 하려면 아마도 3시간은 걸릴 것이야. 하하……."

헤리피민이 말했다.

"그렇게 많이 걸리면 어떻게 대화를 해요? 짜증 나겠다."

정미담이 두 눈을 반짝이며 물었다.

미담이 생각으론 대화를 하기가 너무 시간이 많이 걸리니깐 어렵다는 생각에서 더 쉬운 대화 방법을 묻고 있는 것이다.

"그래서 이것으로 한단다."

헤리피민이 컴퓨터를 손으로 가리키며 말했다.

"이건 어떻게 대화를 하는 건데요?"

정미담이 호기심 어린 눈으로 헤리피민을 바라보았다.

"이건 우주에서 가장 빠른 광속으로 천국성까지 연결이 되므로 이 우주선이 1달간 걸리는 거리라면 1분 정도면 서로 대화가 가능하단다. 그래서 지금 너의 언니가 저 방에서 천국성에 있는 사람과 지구에 있는 사람과 같이 회의를 하는 중이란다."

헤리피민이 컴퓨터와 우주선 한쪽에 있는 밀실을 가리키며 말했다.

지금 그 밀실에서 영미가 청유회 비밀회의를 하고 있었다.

밀실에는 총 20개의 모니터 화면이 켜져 있고

각 화면에 다른 얼굴들이 나타나서 말을 하고 있었다.

자화경은과 벽화이도는 물론이고 체슈틴, 진국겸, 박준철, 지류단경, 함초준, 모이겸진, 주주덕화 등.

"호호…… 그래서 감찰어사께선 시집도 안 가고 아들부터 생겼다고요? 호호……."

지류단경이 활짝 웃는 모습이 모니터에 나타나며 말소리가 들렸다.

"천국성에 돌아가시기 전에 이곳에 들러서 저에게 맡기고 가세요. 제가 잘 키워볼게요."

체슈틴이 미소를 지으며 말했다.

"그럼, 감찰어사님 아들이 부회장님 아들로 되잖아요?"

박준철이 한마디 했다.

"아니죠. 저야 이모가 되는 것이죠."

체슈틴이 말했다.

"그럼, 부회장님이 감찰어사님 언니가 되나요?"

벽화이도가 물었다.

체슈틴이 나이가 많기 때문이다.

"킥킥…… 졸지에 언니가 생겼네. 그래, 언니. 천국성에 가기 전에 백타성에 들러서 우리 아들 좀 맡기고 갈게. 언니가 좀 키워줘!"

영미가 말했다.

"알았어요! 감찰어사님! 아니 동생!"

체슈틴이 말했다.

잠시 새로 생긴 아들을 두고 농담이 오고 갔으나

곧 진지하게 비밀회의가 진행됐다. 백타성 인재들과 천국성 인재들 집단 청유회 활동 1년 만에 100년의 문명을 앞당기고 있었다. 천국성도, 백타성도.

둥둥.

영미의 우주선이 날던 속도를 멈추고 우주 공간에 섰다.

영미의 전용 우주선은 그냥 우주 공간에 둥둥 떠 있었다.

"왜? 이곳에 멈추었지?"

정미담이 헤리피민에게 물었다.

"이곳 우주 공간에 둥둥 떠다니는 저 물체들을 보려고 멈췄다."

영미가 밀실에서 나오며 말했다.

"물체……! 무슨?"

헤리피민이 영미를 의아한 표정으로 바라보다가 우주선 창밖을 살폈다.

"아! 저, 저건! 그냥 쓰레기들인데……."

헤리피민이 우주선 창밖을 바라보며 말했다.

"아니야! 보기엔 우주 쓰레기 같지만 생각해봐라! 우주선도, 어떤 강철들도 우주에 버려지면 금방 산화되어 사라지게 되어 있는데. 저 물체들은 남아있지?"

영미가 말했다.

"아! 네 말을 듣고 보니까 그렇다! 왜지?"

헤리피민이 뭔가 느끼고 생각에 잠겼다.

"우주에는 아주 빠르고 강력한 탄소 덩어리가 몰려다니는데, 그 탄소 덩어리에 스치기만 해도 쓰레기들이 자동 소각되어 재가 되지. 우주의 청소부라는 것이 그래서 생긴 말이잖아!"

영미가 말을 하면서 헤리피민을 바라보았다.

"그래! 맞아! 그래서 우주가 항상 깨끗한 상태로 유지되는 것이지."

헤리피민이 말했다.

"아무리 내 전용 우주선이라고 해도 제자리에 서서 이렇게 있다가 그 탄소 덩어리를 만나면 재가 될 거야. 맞지?"

영미가 헤리피민에게 물었다.

"웅! 맞아! 그래서 우주 공간에 이렇게 멈춰있는 것은 자살행위야. 물론 이 우주선은 그걸 스스로 감지해서 피할 수 있는 지능까지 있지만."

헤리피민이 말했다.

"그런데 저 물체들은 전혀 변함이 없거든. 저것으로 우주선을 만들면 어떨까?"

영미가 헤리피민을 바라보며 물었다

"헉! 저 물체로 우주선을? 한번 수집해서 연구해볼 필요가 있겠다. 네 말에 일리가 있어."

헤리피민이 영미 말을 듣고 좋은 생각이라고 생각했다.

"지금 내 우주선엔 화물칸이 반쯤 비었으니 우선 화물칸을 채울 정도만 수집해서 갖고 가자!"

영미가 말했다.

"좋아!"

헤리피민이 대답과 동시에 즉시 몸을 움직였다.

영미의 전용 우주선은 자동으로 밖의 물건들을 수집하는 기능이 있었다.

집게 같은 우주선 손이 자동으로 우주 공간의 물체를 집어 화물칸으로 넣기 시작했다.

"

왜? 지구인들은 더운 것만 에너지로 생각하지. 그럼, 우주선을
못 만들지. 우주 공간이 영하 250도를 오르내리는데. 그 차가운
공기를 에너지로 사용하는 우주선이 내 전용 우주선이야.

"

제12장

3란성의 기인

며칠 우주공간을 여행하던 영미의 우주선이 3란성에 도착한 것은
밝은 태양 빛이 붉게 물든 저녁 무렵이었다.

그러나

"이곳 3란성은 항상 태양 빛이 이렇게 붉게 변하는 저녁 무렵뿐이다!"

혜리피민의 말을 듣고서야 3란성은 항상 저녁 무렵이란 것을 알았다.

"이런 상황에서 어떻게 식물들이 자라나?"

영미가 물었다.

"하하…… 우주란 우리 인간들이 생각하지도 못한 신비스러운 일이
많지. 이곳은 이런 상태에서 자라는 식물들이 존재한단다."

혜리피민이 말했다.

혜리피민 역시 3란성은 지나면서 바라만 보았지 탐험을 한 적이
없다.

그렇지만,

혜리피민이 많은 우주를 여행하면서 수많은 별들을 살펴보았던 경
험을 토대로 말하는 것이다.

"킥킥. 피민이 네 말이 맞다! 내가 잠시 그걸 잊었네. 킥킥……."

영미가 생글생글 웃었다.

"그럼! 조금 있으면 어둡겠네요?"

정미단이 혜리피민에게 물었다.

"아니다. 이곳 3란성은 항상 이런 상태로 3란성만 회전을 한단다. 그러므로 3란성이 회전하는 속도에 따라 밤과 낮의 길이가 결정된단다."

헤리피민이 말했다.

"아하! 그렇군요!"

정미담이 이제야 알겠다는 표정이다.

"일단, 3란성에 들어가 보자! 내리지는 말고 한 바퀴 돌며 사진부터 찍자! 바다와 육지가 어떻게 생겼는지 알아볼 필요가 있다!"

영미가 말했다.

"항공사진 정도는 나한테 충분한 자료가 있다. 뭐가 필요한데?"

헤리피민이 물었다.

"아주 가까운 거리에서 관찰하려는 것이야!"

영미가 말했다.

"위험할 수도 있어."

헤리피민이 말했다.

"이 속도를 유지하는데?"

영미가 물었다.

이렇게 빠른 속도를 유지해도 위험할 수가 있느냐 하는 것이다.

일반적인 공격 무기들이 빛의 1.2배 속도를 따라올 수 있느냐는 것이다.

"이 속도라면 3란성이 그렇게 문명이 발달한 별은 아닌 것으로 아니깐. 그러나 이 속도로 무슨 사진을 찍어?"

헤리피민이 영미에게 물었다.

도저히 불가능하기 때문이다.

이런 속도로 가까운 거리의 사진을 찍는다는 것은 불가능하다.

사진이 찍히지도 않지만, 동영상이라 해도 찍히지 않는다.

그냥 뿌연 안개같이 보일 뿐이다.

비록 먼 거리라 해도 이 속도로는 정지된 사진을 촬영하기엔 불가능한 것이다.

"킥킥…… 내 눈에 기억만 하면 되는 것이야. 그게 사진이지. 뭐!"

영미가 말했다.

"뭐라고? 그것이 가능하단 말이냐?"

헤리피민이 놀라서 물었다

헤리피민 생각으론 도저히 가능성이 없어 보였다.

아무리 많이 놀라게 하는 영미의 능력이지만 제아무리 뛰어난 시력을 갖고 있다 해도 이 속도로 가까운 거리를 돌면서 물체를 식별하기란 불가능했다.

헤리피민은 이번엔 영미가 잘못 생각한 것이라 여겼다.

절대로 영미 생각이 잘못됐다고 믿었다.

헤리피민은 영미에게 실패란 것을 경험해주고 싶었다.

그래서 빙긋 미소를 지으며 영미가 하는 것을 지켜보기로 마음먹었다.

영미의 전용 우주선은 3란성 별의 불과 5킬로미터 상공에서 빛의 1.2배 속도로 100여 바퀴 돌고 있었다.

"흠……!"

"흠……!"

영미는 창밖을 살피며 계속 같은 반응만 보였다.

헤리피민은 그런 영미를 바라보며 미소를 지었다.

짧은 순간이 지나고 영미의 우주선은 3란성 별 대기권 밖으로 나 갔다.

멀리서 3란성 별을 회전하고 있는 영미의 우주선.

영미는 깊은 생각에 잠겼다.

"하하…… 이 친구가 오랜만에 실패를 맛보고 말았군!"

헤리피민이 영미 어깨를 손바닥으로 툭툭 치면서 위로를 하는 말이 었다.

헤리피민은 영미가 실패를 하고 시무룩해서 있는 것으로 생각했다.

"이상해……!"

영미가 말했다.

"뭐가 이상해? 다 그런 거야! 속도가 빠르면 가까운 거리의 물체는 구분하기가 어려운 것이야, 그게 인간의 한계고."

헤리피민이 빙긋 미소를 지었다.

영미가 이제야 실패를 느끼고 있다고 믿었다.

"3란성엔…… 인간들이 없어! 이상하게도 3란성을 지배하는 것은 동물이야! 그것도 몸집이 가장 작은 동물. 여우!"

영미가 말했다.

고개를 갸우뚱하면서.

"뭐어? 그, 그럼 넌 이미 3란성의 모든 것을 봤단 이야기냐?"

헤리피민이 믿을 수 없다는 표정을 지었다.

정미담도 영미의 얼굴을 빤히 쳐다보았다.

"만리추영 박유비란 사부에게 배운 만시공이란 무학이 있는데, 그것 덕택에 다 볼 수 있었어!"

영미가 말했다.

만리추영 박유비의 만시공은 한 번에 1만 개의 물체를 식별하고 기억하는 무공이다.

"뭐라고? 하하…… 이 친구 너무 놀라게 하네. 언제까지 놀라야 너의 능력을 다 볼 수 있을까!"

혜리피민은 무척 놀라고 있었다.

정말 영미가 인간 같지 않았다.

"언니는 정말 신인가 봐!"

정미담이 영미 얼굴을 바라보며 신기한 듯 말했다.

혜리피민도 정미담의 말을 수긍하듯 고개를 끄떡거렸다.

"여우라고?"

혜리피민이 정신을 수습하고 영미에게 물었다.

"그래! 여우들이 질서 있게 움직이며 무기를 들고 다니고 있는 모습도 보였어. 바닥에 길을 만들고 그 위를 달리는 물체도 만들어서 타고 다녔고. 무기나 탈것을 봐서는 아마도 천국성의 약 500년은 뒤떨어진 문명이라고 보였는데. 여우들이 들고 다니는 무기가 특이해서……."

영미가 말끝을 흐렸다.

"특이하다니?"

혜리피민이 물었다.

"광선총 같은 건가요?"

정미담은 광선총밖에 몰랐다.

"일반적으로 무기란 것은 실탄이나 광선 등이 발사돼서 상대를 죽이는 무기인데, 여우들이 들고 다니는 무기는 그게 아니야!"

영미가 말했다.

"그럼?"

헤리피민이 물었다.

"상대를 빨아들이는 무기야!"

영미가 말했다.

"뭐라고?"

헤리피민이 놀라서 소리쳤다.

백타성에서도, 천국성에서도 아직 개발하지 못한 무기가 그런 무기이다.

그런 무기를 동물들인 여우가 들고 다닌다는 것은 정말 뜻밖이었다.

"그 무기로 도망치는 커다란 동물을 빨아들이는 것이 보였어. 당한 동물은 공중으로 날아서 그 무기 입구의 자석에 붙듯이 꼼짝 못 하고 달라붙어 버렸어. 그리고는 차츰 털과 뼈만 남고 사라졌어. 즉 피와 살만 흡입하는 무기더라고."

영미가 헤리피민과 정미담을 번갈아 바라보며 말했다.

"잘못 본 것이 아니고?"

헤리피민이 믿을 수 없다는 투로 다시 물었다.

"아니야! 한두 번 본 것이 아니야! 여우들이 대부분 그렇게 사냥을 하고 있었어. 그렇게 흡입된 살과 피를 여우들이 들고 다니는 자루 같은 곳에 담아서 탈것에 싣고 다니더라고."

영미가 말했다.

"그럴 수가! 그건 신무기인데. 호기심이 생기는걸!"

헤리피민이 말했다.

"그럼 이제 3란성에 내릴 것인가요?"

정미담이 물었다.

정미담 얼굴엔 호기심 가득했다.

"자, 잠깐! 대처 방법을 생각해보고. 그런 무기를 상대하는 것은 첨이라서."

영미가 말했다.

"흠……!"

헤리피민이 수긍이 간다는 표정을 지었다.

영미도 헤리피민도 잠시 생각에 잠겼다.

그때였다.

우주선 통신 컴퓨터에 지류단경이 나타났다.

"지금 어사님은 어디세요? 삼란성이죠?"

지류단경이 물었다.

"그래! 이상한 무기를 발견해서 대처 방법을 생각 중이야."

영미가 말했다.

"어떤 무긴데요?"

지류단경이 두 눈을 반짝이며 물었다.

"동물들을 빨아들이는 무기야. 털과 뼈만 남고 고기와 피만 빨아들이는."

영미가 혹시나 지류단경이 대처 방법을 생각해낼 것인가 의문을 가지고 말했다. 발사되어 타격을 가하는 무기는 방어가 충분했지만 빨아들이는 무기엔 아직 한 번도 상대를 해본 경험이 없기 때문이었다.

"돌멩이 같은 것을 먼저 던지면 그것을 빨아들이다 막히지 않으려나."

지류단경이 고개를 갸웃하며 말했다.

"……! 그래! 바닥에 자갈들이 많더군. 고마워 단경이."

영미가 지류단경과 대화를 마치고 의자에서 벌떡 일어섰다.

"자갈? 아하! 그래! 그거면 되겠군!"

헤리피민도 좋은 생각이 난 모양이다.

"이제 3란성을 탐험을 해볼까?"

영미가 물었다.

"좋아!"

헤리피민이 대답했다.

"쳇! 난 또 왕따야."

정미담이 토라진 표정을 지었다.

"그러니깐."

영미가 정미담에게 뭔가 자세히 설명을 해줬다.

정미담이 환한 얼굴로 고개를 끄떡거리고 있었다.

두 개의 작은 별이 일정한 간격을 유지한 채 조금 큰 별 하나를 빙빙 돌고 있는 별.

3개의 알 같은 별이 모여 있다 하여 붙여진 이름 3란성.

생명체가 있는 것은 그 3란성 중 가장 큰 별이다.

영미의 우주선은 어느 작은 섬에 착륙했다.

착륙이라 해야 겨우 10여 초.

영미와 헤리피민과 정미담이 재빠르게 내린 후 바로 우주선은 3란성 대기권 밖으로 사라졌다.

"이제부터 조심해야 해!"

영미가 미담에게 말했다.

"빨아들이는 무기엔 자갈을 던지라며? 자갈로 무기 입구를 막으면 그만인데 뭘 조심해?"

정미담이 대수롭지 않다는 태도였다.

그러나 영미 생각은 달랐다.

뭔가.

석연치 않았다.

자갈을 빨아들이는 무기 주둥이에 던져 무기를 무용지물로 만들려는 자신의 생각이 옳은 것인지 판단이 안 섰기 때문이다.

"아무튼 조심조심 움직여!"

영미가 다시 주의를 줬다.

"일단 여우를 한 마리 사로잡아서 그 무기를 어떻게 만들었는지, 누가 만들었는지, 공장은 어딘지 자세히 알아보자!"

헤리피민이 말했다.

영미와 헤리피민이 나란히 서서 걷고 그 뒤를 정미담이 바싹 따라붙었다.

천천히 걸으면서 3란성을 관찰하기 시작했다.

우우우.

여우들 우는 소리가 사방에서 들렸다.

"이미 우리가 이곳에 내린 것을 눈치챈 것이다! 몰려오고 있다!"

영미가 말했다.

"자동 통역기를 틀어봐! 저들이 떠드는 소리가 들린다!"

헤리피민이 말했다.

"그렇다면! 동물들과 대화를 하는 방법이 아닌 인간들과 대화 방법이 통한다는 이야긴데!"

영미가 두 눈을 반짝이며 말했다.

새로운 사실을 알았을 때 나타나는 영미의 표정이다.

"저, 저기!"

정미담이 놀라서 소리쳤다.

여우 두 마리가 앞에 나타나서 나팔처럼 생긴 무기를 들고 영미 일행에게 겨누고 있었다.

"사정거리에 들었다! 자갈을 던져봐!"

영미가 말했다.

정미담이 한발 앞서 나서서 자갈을 무기를 향해 던졌다.

"어엇!"

정미담이 놀라서 비명을 질렀다.

정미담의 몸이 앞으로 쭉 빨려 들어갔던 것이다.

마치 좌석에 이끌리는 쇠붙이처럼.

"이, 이런! 자갈이 소용없어! 자갈은 빨아들이지 않고 오로지 원하는 상대만 빨아들이는 무기다!"

영미가 말했다.

영미의 말은 사실이었다.

던진 자갈들은 모조리 걸러내듯 옆으로 떨어져 버리고 오로지 정미담만 빨아들이고 있었다.

미담이 빨려 들어가지 않으려고 나무며 바위며 닥치는 대로 손으로 잡고 버티고 있었지만 소용이 없었다.

그 막강한 500년 내공이 깃든 힘도 소용없이 여우가 들고 있는 무기로 빨려 들어가고 있었다.

"어, 언니!"

정미담이 당황해서 영미를 불렀다.

영미는 급히 손가락에 낀 반지를 빼서 무기로 사용했다. 다저링이 점점 커지며 여우가 들고 있는 무기를 강타했다. 여우가 들고 있던 무기는 가루가 되어 흩날렸고. 정미담은 영미 곁으로 돌아올 수 있었다.

"오로지 무기를 부숴야 한단 말인가! 그럼 무기를 뺏을 방법은!"

헤리피민이 고민에 빠졌다.

무기를 뺏어 제작 방법을 알려는 것인데,

뾰족한 수가 생각나지 않았다.

우우우……

여우들은 소리를 지르며 들판을 가득 메우고 몰려왔다.

"안 되겠다! 일단 공중으로 피하자! 저 무기의 사정거리가 100여 미터밖에 안 되니 그 이상만 날아오르면 안전할 거야!"

영미가 정미담을 한쪽 팔로 잡고 하늘로 날아올랐다.

"켁! 정말이네! 애기를 업고, 나를 안고도 하늘을 마음대로 날아다닌다더니…… 오빠 말이 사실이었네!"

정미담이 헤리피민을 바라보며 말했다.

"하하…… 너의 언니는 괴물이라고 했잖아!"

헤리피민이 웃었다.

영미와 헤리피민은 지상 200여 미터 상공에 멈췄다.

지상에선 여우들이 영미 일행을 올려다보고 괴성을 지르고 있었다.

"언니도 참! 뭘 그렇게 어렵게 해! 그냥 다 죽이면 간단할 텐데."

정미담이 말했다.

"뭐어? 다 죽여? 이런! 동물이라고 함부로 죽여서야 쓰나."

영미기 이이가 없다는 투로 말했다.

"언니, 그런 생각이었어? 미안해……! 난 별 생각 없이 한 말인데. 내가 말을 하고도 어이없는 생각이 들었네. 함부로 살생하면 안 되지 암! 언니 말이 맞아!"

정미담이 금방 자신이 한 말을 뉘우치고 있었다.

"역시 그 언니에 그 동생이군! 착해!"

헤리피민이 엄지손가락을 치켜세우며 말했다.

높은 하늘에서 둥둥 더 있는 영미 일행을 여우들은 어쩔 수 없다는 듯 천천히 뒤로 물러나기 시작했다.

"이젠 어쩌지? 저 무기가 예상외로 지능까지 겸비한 무기야! 새로운 발견이야. 무기 하나만 놓고 보면 상상을 뛰어넘는 새로운 발견임에 틀림이 없는데."

헤리피민이 말했다.

"저들이 물러나는 것은 다른 대책이 있다는 증거야! 아마도 공중으로 공격할걸."

영미가 말했다.

"공중으로? 어떻게?"

헤리피민이 물었다.

"글쎄……."

영미가 지상의 여우들 행동을 살피며 고개를 갸우뚱했다.

"어, 언니! 저, 저기!"

정미담이 손으로 한곳을 가리키며 말했다.

"흠! 그럴 줄 알았다!"

영미가 정미담이 가리킨 방향을 바라보며 고개를 끄떡거렸다.

큰 새를 타고 여우들이 무기를 들고 영미 일행을 향해 다가오기 시작했던 것이다.

"저런! 숫자가 많기도 하네! 어쩌지?"

헤리피민이 말했다.

"그런 것은 간단한데 모두 묶어 버리면 땅에 떨어질 테니간!"

영미가 말을 마치고 손을 펼쳤다.

천환.

거대한 안개 덩어리 같은 둥근 고리가 쫙 펴지며 날아오는 새들을 모두 한꺼번에 묶어버리고 있었다.

새들은 움직이지도 못하고 한 덩어리가 되어 땅으로 추락하고 말았다.

다시 영미가 손을 펼치자 여우들이 손에 들고 있던 무기들이 마치 좌석에 이끌리듯

영미 손짓에 따라 모두 한곳으로 모아졌다.

땅에서 뒤로 물러서던 여우들은 무척 놀랐는지 경계 태세로 영미 일행을 바라보며 움직이지 않았다.

다시 영미가 손을 움직이자

천환에 묶인 여우 한 마리가 빨리듯 날아와 영미 수중에 잡혔다.

"묻겠다! 바른대로 말을 하면 살려주마!"

영미가 여우에게 말을 걸었다.

"무엇을 알고 싶으냐? 그리고 넌 누구냐?"

여우가 영미에게 물었다.

"난 멀리 다른 별에서 우주를 여행하는 사람이다! 너희들을 보고 호기심에 알고 싶어서 그런다. 사실대로 이야기해주길 바란다!"

영미가 말했다.

"여행객이면 그냥 구경이나 할 것이지 뭘 알고 싶으냐?"

여우가 영미에게 물었다.

"너희들에게 그 무기를 만들어 준 자가 누구냐? 그것만 말하면 살려주마!"

영미가 물었다.

"그, 그건 말할 수 없다. 다른 걸 물어봐라!"

여우가 말했다.

"너희들뿐 아니라 이 별에 있는 모든 여우들이 다 그 무기를 사용하던데. 너희들을 다 죽이고 다른 여우들을 잡아서 물어봐도 되지만, 난 너희들을 죽이고 싶지는 않다. 그러니 사실대로 말해라! 너의 동료들을 죽이지 말고."

영미가 말했다.

"다른 것은 다 알려줘도 그것만은 안 된다! 그것은 무기를 만들어주신 분과의 약속이니라."

여우가 말했다.

"그래? 그렇다면 너희들이 그 무기로 사냥해서 살과 피만 흡수하던데. 그걸 다 어디다 쓰지? 너희들이 먹나?"

영미가 물었다.

"그것도 알려 줄 수 없다!"

여우가 말했다.

"그래? 그것도 무기를 만들어준 분과의 약속이지?"

영미가 물었다.

"그, 그렇다!"

여우가 말했다.

"그렇군! 너희에게 무기를 주고 대신 사냥을 해서 고기와 피를 가져오라고 시킨 것이군! 그렇지?"

영미가 물었다.

"헉! 어떻게 알았지? 그렇지만 고기는 아니다. 피만 갖다 드리면 된다."

여우가 말했다.

"흠……! 거기가 어딘지는 역시 알려주지 않겠지?"

영미가 물었다.

"어딜 말이냐?"

여우가 되물었다.

"너희에게 무기를 만들어준 분이 있는 곳 말이다. 사냥해서 피를 갖다주는 곳 말이다?"

영미가 다시 물었다.

"그건 어렵지 않다! 하루에 한 번씩 반드시 가야 하니깐. 우리들을 따라가 보면 안다. 더 알고 싶은 것이 있느냐?"

여우가 대답과 동시에 되물었다.

"아니다! 더 알고 싶은 것은 없다!"

영미가 말했다.

"한 가지 충고하는데 그분을 만나면 너희들은 죽을 것이다! 두려우면 그냥 지금 도망가거라! 만용을 부리다간 목숨이 날아갈 테니."

여우가 말했다.

"충고 고맙다! 돌아가서 네 동료들에게 전해라! 우리들은 먼저 공격하지 않으면 너희들을 죽이지 않겠다고. 만약 또다시 먼저 공격하면 모두 죽일 것이라고."

영미는 여우를 천천히 땅으로 내려 보냈다.

한 잎 가랑잎처럼 땅으로 내려진 여우는 자기들 동료들에게 다가가서 뭐라고 이야기를 했다.

영미는 천환으로 묶었던 여우들을 다시 풀어줬다.

무기는 3개만 영미 수중에 남겨두고 다 돌려줬다.

무기를 살펴보고 만들어보려는 것이다.

여우들은 영미 일행을 남겨둔 채 천천히 멀어져갔다.

영미 일행은 다시 땅으로 내려섰다.

"잠시 여기 앉아서 쉬었다 가자!"

영미가 여우들에게서 습득한 무기를 헤리피민과 정미담에게 하나씩 주고 자신이 하나 들고 앉으며 말했다.

헤리피민은 무기를 살피며 영미 곁에 앉았다.

영미는 재빠르게 무기를 분해하기 시작했다.

"!?"

무기를 분해한 영미가 어이가 없다는 표정을 지었다.

"허……! 이건! 그냥 명령만 전하는 머리(칩)만 있네! 이 작은 머리가 모든 것을 가능하게 하는 무기 기능이란 말인가!"

헤리피민이 영미가 분해한 무기를 살펴보며 하는 말이다.

무기는 나팔 같은 몸체와 작은 칩 하나가 고작이었다.

"이상하다!"

영미가 고개를 갸우뚱했다.

"뭐가?"

헤리피민이 물었다.

"이 무기는 이 작은 머리 기능이 원격으로 조종되는 역할만 하는 것뿐이야! 즉 사냥을 하려고 단추를 누르면 원격 조종되어 흡입하게 하는 것은 어딘가 있을 원격 장치가 진짜 무기라는 것이야! 진짜 무기는 아마도 이 무기를 만들어 준 그자가 갖고 있고 여우들은 그에게 원격 조종되는 허수아비에 불과하다는 것이지. 여우들은 빨판만 들고 다니며 상대를 겨냥하는 것이 전부고. 진짜 흡입하는 기능은 그 무기를 만들어주고 피를 수집하는 자가 갖고 있다는 것이지."

영미가 자세히 설명했다.

"그렇다면……! 목적이 달성되면 여우들이 들고 다니던 무기들은 고철이 되는 것이군! 무기를 나눠준 그자는 그가 원하는 피만 수집해서 갖고 가면 되는 것이고!"

헤리피민이 말했다.

"맞아! 여우들은 그자에게 이용만 당하고 있는 것이지! 여우 말대로 그자는 아마도 우리가 만난 적들 중 가장 무서운 적일 것이야! 문명도 엄청나게 발달한 세계에서 온."

영미가 말끝을 흐렸다.

확신이 서지 않았던 것이다.

과연 천국성이나 백타성보다 문명이 많이 앞선 별에서 온 자가 맞을지는.

"아무튼 그자를 만나봐야 하지 않을까?"

헤리피민이 물었다.

"언니!"

정미담이 영미를 불렀다.

"왜?"

영미가 대답했다.

"난 그냥 가는 것이 좋을 것 같아! 왠지 무서워."

정미담이 말했다.

"하하…… 우주에서 너의 언니를 이길 자가 어디에 있다고 겁을 내냐? 안심해라! 네 언니는 우주에서 가장 강한 인간이니깐. 하하."

헤리피민이 호탕하게 웃었다.

"그래도…"

정미담이 마음이 내키지 않는 모양이다.

"일단 그자가 어디에 있는지 여우들을 따라가 보자!"

영미가 분해된 무기를 집어 던지고는 벌떡 일어섰다.

끝도 보이지 않는 넓은 바다.

그 가운데 꽤 큼직한 섬이 하나 있었다.

여우들을 태운 배들이 수시로 이 섬에 들렀다 가곤 하였다.

섬을 한 바퀴 돌며 정착한 배와 떠나는 배들로 가득 찰 정도로 여우들이 타고 온 배들은 많았다.

바다에도 배를 댈 곳을 기다리는 배들로 가득했다.

섬 가운데는 큰 분화구가 자리 잡고 있는데

여우들이 갖고 온 동물의 피는 모두 그 분화구에 쏟아 붓고 있었다.

분화구 가운데

높은 탑이 하나 서 있는데

그 탑 위에 20대로 보이는 젊은 남자가 조용히 앉아 있었다.

귀가 무척 크고

코는 둥근 단추처럼 생겼고

눈은 얼굴의 3분지 1은 차지할 만큼 컸다.

벽도전자 회장 외동딸

머리털 대신 청색 작은 비늘이 덮여 있었다.

자세히 보니 얼굴 전체에도 투명한 비늘이 가득 덮여 있었다.

손가락은 3개로 되어 있고 팔이 모두 4개였다.

다리도 4개로 되어 있었다.

옷을 입고 있었는데

색이 오묘한 것이 처음 보는 옷감이었다.

탑이 바라보이는 분화구 위

영미 일행이 서 있었다.

"오셨으면 건너오시오!"

탑에 앉아 있던 외계인이 영미 일행이 나타난 것을 눈치 채고 말했다.

"그럼! 실례하겠소!"

영미가 말을 하며 몸을 날려 탑 위로 날아갔다.

"흠……! 두 분은 장치를 이용해 날아오셨는데 한 분은 그냥 날아오시다니."

외계인은 영미를 호기심에 가득 찬 눈으로 바라보았다.

"무슨 연구를 하시나 본데 방해가 되지 않았는지 모르겠군요."

영미가 말했다.

"아! 괜찮습니다! 혼자 있다 보니 심심했는데 잘됐습니다! 어느 별에서 오신 분들이신지?"

외계인이 영미에게 물었다.

"천국성이라는 별에서 우주를 여행하는 사람들입니다!"

영미가 말했다.

"천국성이라… 혹시! 별이 5개가 몰려있는? 3개가 한 줄로, 두 개가 그 아래 한 줄 이렇게 몰려있는 별 중에 가운데 별?"

외계인이 물었다.

"맞습니다!"

영미가 말했다.

"아! 반갑습니다! 전 그 천국성이란 별에서 멀리 떨어진 삼태성에서 온 박유혁입니다."

외계인이 말했다.

"박유혁? 그건 우리 천국성의 이름과 비슷하군요? 전 정영미라 합니다!"

영미가 물음을 던지고 자신을 소개했다.

"그렇습니까? 천국성 이름과 비슷하단 말이죠?"

박유혁이란 외계인이 호기심을 갖고 다시 물었다.

"네! 제가 아는 사람들 이름도 비슷한 분이 있습니다!"

영미가 말했다.

"아! 삼태성이라면……! 태양 빛을 3개나 동시에 받는 별. 외롭게 홀로 있는 별. 맞죠?"

헤리피민이 이제야 생각이 난 듯 물었다.

"네! 맞습니다!"

박유혁이란 외계인이 헤리피민을 바라보며 말했다.

"놀랍군요! 저는 거리가 워낙 멀어서 아직 삼태성은 못 가봤지만, 문명이 많이 발달한 것 같습니다?"

헤리피민이 다시 물었다

"하하…… 여러분들이 타고 온 우주선을 보니 만만치 않은 문명을 갖고 계시던데요. 지능까지 갖추고, 무기도 막강하고 저도 놀랐습니다.”

박유혁이란 외계인이 말했다.

“헉! 제 전용 우주선에 대해서 벌써 파악이 끝나셨군요! 대단하십니다!”

영미가 말했다.

“혹시……! 천국성이란 별에도 바둑이란 것을 아십니까?”

박유혁이란 외계인이 영미에게 물었다.

“네! 알죠!”

영미가 대답했다.

“잠시만요!”

박유혁이란 외계인이 어디론가 가더니 잠시 후 바둑판과 바둑돌을 갖고 왔다.

“저와 한판 두시겠습니까?”

박유혁이란 외계인이 영미에게 말했다.

“좋습니다!”

영미가 박유혁이란 외계인 맞은편에 앉았다.

“오신 손님이시니 흑을 들으십시오!”

외계인 박유혁이 영미에게 흑 돌을 줬다.

“감사합니다!”

영미가 흑 돌을 먼저 바둑판에 한 알 올려놓았다.

영미와 박유혁의 바둑이 시작되었다.

“저와 비슷한 이름을 갖고 있는 천국성 사람들을 알고 계신다 했는데, 아시는 분 이름을 말해 보시지요?”

외계인 박유혁이 영미에게 물었다

"박씨는 많지만, 박유비라는 분이 당신과 이름이 비슷하군요."

영미가 말했다.

영미가 박유비라는 이름을 말했을 때 외계인 박유혁의 몸이 미세하게 흔들렸다.

"박유비? 여인 이름인가요?"

박유혁이 다시 물었다.

"네! 이미 돌아가셨지만 제 사부님이십니다!"

영미가 바둑판에 시선을 두고 말을 했기 때문에 박유혁의 모습은 못 봤다.

박유혁은 영미의 말을 들으며 온몸을 부르르 떨기까지 하였다.

"사실 우리는 박씨 성을 갖고 있는 것은 아닙니다."

박유혁이 말했다.

"네에? 그럼?"

영미가 물었다.

"우린 성이 박유입니다. 이름이 혁."

박유혁이 말했다.

"아! 그렇군요!"

영미가 말했다.

"박유비란 분에게 뭘 배우셨는데요?"

박유혁이 영미에게 물었다.

"사부님은 만리추영이란 별호를 갖고 계셨듯이 누군가를 추적하는 데는 따를 사람이 없었죠. 만시공, 만리비, 만리추, 만향, 비천은둔술 등을 배웠습니다."

영미가 무학 이름을 아무런 생각 없이 줄줄이 말했다.

그러나

박유혁은 영미의 말을 들으며 눈동자가 작은 흔들림을 보였다.

박유혁과 영미는 며칠을 바둑을 두고 또 두고 하면서 같이 시간을 보냈다.

하지만 그 바둑은 매번 영미의 승리로 끝났다.

지루해서 입이 찢어져라 하품만 하고 있던 헤리피민과 정미담은 세상모르고 잠에 취해 곯아떨어졌다.

10일이 지난 후.

식사를 마치고 박유혁이 영미에게 말을 했다.

"잠시 저와 이야기 좀 합시다!"

박유혁은 영미를 데리고 탑 안으로 들어갔다.

"무슨 하실 말씀이라도?"

탑 안에 놓인 돌로 된 탁자에 걸터앉으며 영미가 박유혁에게 물었다.

"부탁이 있습니다."

박유혁이 말했다.

"부탁이라니요?"

영미가 다시 물었다.

"우선 거추장스러운 존댓말부터 치웁시다. 우리 친구 하는 것이 어때?"

박유혁이 영미에게 물었다.

"좋아, 친구. 부탁이란 것이 뭔지 말해봐."

영미도 미소를 지으며 말했다.

"내 제자가 하나 있는데 이 녀석이 죽을 자리인 줄도 모르고 지구로 원수를 찾아갔어. 부탁인데 지구로 가면 내 제자를 살려줘. 그게 부탁이야. 대신 내가 연구하고 만든 새로운 것들을 친구에게 주지."

박유혁이 말했다.

"좋아, 어차피 지구로 갈 것이니 친구 부탁을 들어주지. 나도 부탁을 하나 할게. 내 동생 미담이를 이곳에 남겨두고 갈게. 많이 좀 가르쳐줘."

영미가 말했다.

"좋아! 그렇게 하지. 어차피 나도 혼자 심심했거든. 그럼 친구 동생은 내 제자가 되는 것인가. 하하…… 내 제자는 친구 제자도 되고."

박유혁이 호탕하게 웃는다.

탑으로 들어간 영미와 박유혁은 1시간은 지나서 나왔다.

헤리피민과 정미담이 영미 걱정을 하며 막 탑으로 들어가려고 할 때 나온 것이다.

"이번엔 당신이 나 좀 봅시다!"

박유혁이 정미담에게 말했다.

"어, 언니!"

정미담이 영미를 바라보았다.

영미가 고개를 끄떡거렸다.

정미담은 안절부절못하면서 박유혁을 따라 탑으로 들어갔다.

"피민아! 우린 돌아간다!"

영미가 헤리피민에게 말했다.

"뭐어? 미담이는?"

헤리피민은 정미담이 박유혁을 따라 탑으로 들어간 후 나오지 않았으므로 영미를 바라보며 의아한 표정을 지었다.

"미담이는 여기 놔두고 간다!"

영미가 말했다.

"무슨 소리야?"

헤리피민이 이해할 수 없다는 듯이 물었다.

"가면서 이야기 하마! 가자!"

영미가 먼저 하늘 높이 몸을 날리고 있었다.

"무슨 일인지……!"

헤리피민이 혼자 투덜거리며 영미를 쫓아 날아올랐다.

"무슨 일이야?"

헤리피민이 우주선 안에 도착해서 바로 영미에게 물었다.

"미담이를 그 박유혁에게 맡긴 것은 그가 미담이를 가르쳐 주겠다 해서 믿고 맡긴 것이야! 또한 나중에 나와 다시 만나기로 약속을 했으니 걱정 마!"

영미가 말했다.

"아무리 그래도……."

헤리피민은 안심이 안 된다는 말투다.

정미담은 그렇게 외계인 박유혁에게 맡겨졌다.

영미와 다시 만날 기약도 못 하고 헤어진 것이었다.

영미의 우주선은 정미담을 3란성에 남겨둔 채 다시 우주로 빠르게 날고 있었다.

"난 제1 우주공항으로 갈게. 거기다 내려줘!"

헤리피민이 말했다.

"왜? 백타성엔 안가냐?"

영미가 물었다.

"응! 토양성에 다시 다녀와야겠어! 내 통신기기가 자꾸 작동이 되는데…… 누군가 주워 들고 장난하는 것 같아! 찾아와야지!"

헤리피민이 말했다.

"알았어! 몸조심해!"

영미가 말했다.

영미의 전용 우주선은 우주에 설치된 백타성 제1 우주공항에 헤리피민을 내려주고 백타성에 가서 체슈틴에게 아기를 맡기고 영미는 천국성으로 돌아갔다.

15일간 우주여행을 하기로 했지만 무려 두 달이나 걸렸다.

그리고

그해는 그렇게 지나갔다.

영미의 나이 16세가 되는 새해가 밝아 오면서

천국성은 큰 소용돌이를 일으키고 있었다.

태자 강철이 선조의 유지를 받들고 지구로 갔으며

몇몇 어둠 속의 고수들이 소리 없이 모습을 감추었다.

태상감찰어사부

"100년 전에 지구로 선조님들 유지를 받들고 갔다가 실종된 소연님과 그 일행의 행방을 찾아라! 그리고 어사 임무를 수행 중인 태자 이강철을 죽여라! 그것이 감찰어사 그대의 임무다!"

할머니의 목소리가 카랑카랑하게 울렸다.

맞은편에 앉은 소녀가 두 눈을 동그랗게 뜨고 믿을 수 없다는 표정으로 할머니를 바라보았다.

"무슨 말씀이세요? 태자님을 죽이라니요?"

소녀가 놀란 표정으로 물었다.

"이유는 그를 죽이면 자연히 알게 된다! 그대가 그를 사랑한다는 것 또한 모르는 것은 아니지만 반드시 죽여라! 죽이지 못하면 다시는 천국성에 돌아오지 못하게 하라!"

할머니 목소리가 또박또박 소녀의 귀를 파고들었다.

"이해할 수 없습니다! 제가 그 태자님. 아니, 오빠를 얼마나 좋아하는지 아시면서 그런 명을 내리시는 이유를 말씀해주십시오."

소녀는 좀처럼 물러나려 하지 않고 다시 할머니에게 물었다.

"태상감찰어사부에서 결정한 명을 이행할 수 없다는 것이냐?"

할머니가 화난 목소리로 소녀에게 물었다.

"아. 아닙니다! 명받습니다!"

소녀는 어쩔 수 없다는 듯 말했다.

영미에겐 절대적인 명이 하달됐다.

태상황후는 영미에게 100년 전에 지구에서 실종된 소연 황후의 행방을 찾으라고 명하고 비밀리에 태자 강철을 죽이라는 명을 내렸다.

영미는 지구로 떠날 기간을 1달을 남겨두고 있었다.

영미는 천국성 감찰 활동을 마지막 점검 차원에서 더욱 세밀히 하고 있었다.

영미는 자신이 없을 동안 천국성에 자신의 힘을 보여주고 함부로 행동하지 못하도록 못을 박아 두려는 생각이다.

그렇게 하고 지구로 떠날 생각이었다.

봄씨앗이 움트게 하는 인공 비를 밤새 내리게 하던 날.

영미를 찾아온 손님이 한 명 있었다.

영미와 자하경은이 함께 살고 있는 집엔 초대하지 않은 방문자 때문에 늦은 저녁 식사 준비에 바쁜 심은지가 주방에서 음식을 준비하고 있었다. 지구로 떠난 자하경은 대신 임시 부감찰어사직을 맡고 있는 독문에 심은지가 영미 곁에 있었다.

영미는 거실 소파에서 불청객을 맞이하고 있었다.

희끗희끗한 머리칼의 얼굴에 가득 주름살이 있는 노인.

야행복(검은 복장) 차림의 불청객은 영미 맞은편에 앉아 따끈한 차를 한잔 마시고 있었다.

콜록…… 콜록……

차를 마시며 간혹 기침을 하였다.

영미는 차를 마시며 노인을 살펴보고 있었다.

누구인지 묻지도 않은 채

스스로 이야기할 때를 기다리고 있는 것이었다.

"미리 말씀도 못 드리고 감찰어사님을 찾아온 것이 실례인 줄 압니다만, 워낙 급한 일이라서…… 실례를 무릅쓰고 찾아왔습니다. 이 사람은 공업문의 호위대장 율목이한입니다."

노인이 차를 거의 다 마시고 처음으로 입을 열었다.

공업문의 호위대장

율목이한.

공업문 자체 방위부대.

공업문 식구들의 안전을 지키기 위한 부대.

공업문 호위대는 천국성 각 문파의 사병 중 가장 강하고 숫자도 많았다.

무려 12,000명.

무기 역시 공업문에서 직접 만든 각종 무기로 무장을 하고 있었다.

그런 공업문의 호위대장이면 그 힘은 막강했다.

그런 그가 밤에 이목을 피해 영미를 직접 찾아온 것이다.

"반갑습니다! 어른께서 이 밤에 저를 방문하신 것은 중요한 일이 있으신 모양입니다?"

영미가 인사와 함께 물었다.

"네! 그렇습니다! 한마디로 역모입니다! 감찰어사께서 막을 힘이 있을지는 모르나 일단 알려야 하기에…."

율목이한이 심각한 표정으로 말했다.

"역모라고요? 자세히 말씀해보십시오!"

영미가 말했다.

"지구로 간 강철 태자님을 죽이려고 공업문의 비밀요원이 파견되었고 우리 호위대 최첨단 무기로 3일 후 왕궁을 칠 것입니다. 또한 상인문에서도 그런 징후가 나타나고 있습니다. 막을 수 있겠습니까?"

율목이한이 영미를 바라보며 두 눈을 반짝였다.

"지구로 파견된 공업문 자객들은 이미 4개월 전에 떠난 것으로 압니다만?"

영미가 물었다.

"알고 계셨군요. 그렇습니다! 그러나 그 일은 쉽게 성공할 수는 없을 겁니다."

율목이한이 말했다.

"쉽게 성공할 수가 없다는 생각을 하시는 이유는 무엇입니까?"

영미가 물었다.

"상인문과 농업문에서도 자객을 보냈는데 그들이 방해를 할 것으로 생각합니다. 특히 농업문이나 상인문 중 하나는 태자 이강철을 보호하려는 생각이 있는 것으로 압니다."

율목이한이 말했다.

"보호라고요? 왜요?"

영미가 물었다.

"그건 아직 모릅니다. 왠지 그런 생각이 듭니다."

율목이한이 말했다.

영미는 지난날 태상황후께서 자신에게 지구로 내려가 이강철을 죽이라고 명령을 내리던 일을 생각했다.

태상황후는 상인문과 농업문에서 이강철을 보호하려고 할 것이라는 말을 했다.

그때 영미는 같은 질문을 했었다.

태상황후는 그 당시 율목이한과 같은 말을 했다.

'왠지 그런 생각이 든다'라고.

이강철을 죽여야 하는 이유를 묻자.

그것 역시 확실한 답을 회피했다.

단지 그래야 할 것 같다는 이야기뿐.

"잘 알겠습니다!"

영미가 말했다.

"아직 이 사람 물음에 답변은 없었답니다. 역모를 막을 방법이 있습니까?"

율목이한이 다시 물었다.

"제가 아니라도 역모는 성공을 할 수는 없을 겁니다! 비밀문과 황궁수비대의 능력을 너무 과소평가하시는 것 같습니다."

영미가 말했다.

"허허…… 비밀문은 움직이지 않을 겁니다. 황궁수비대 역시 3일 후 거사 일엔 다른 곳으로 이동을 할 것입니다."

율목이한이 미소를 지으며 말했다.

"네! 그런 빈틈이 있었군요. 그렇다면 제가 힘을 써야 하겠군요! 그런데……! 왜? 이 일을 제게 말씀하시는지?"

영미가 물었다.

"허허…… 이 사람은 역모를 막으려는 것뿐. 다른 의도는 없습니다!"

율목이한이 다시 미소를 지으며 말했다.

영미는 율목이한의 표정을 살피며 입가에 살짝 미소가 스쳐 갔다.

"흠……! 율목이한이라. 자신감이 넘치는군! 이미 알고 있었던 일이지만 직접 와서 알려주고 가니…… 고맙긴 한데 그만큼 자신이 있다는 이야기. 어차피 이미 알고 있다고 판단하고 나를 떠보려고 온 것이다. 하지만 킥킥…… 무서움을 뼈저리게 느낄 것이다. 다시는 오판을 못 하게 철저히 알려줄 것이다. 감찰어사부의 무서움을. 킥킥……."

영미가 율목이한이 돌아간 뒤 혼자서 생글거리고 웃고 있었다.

"자신들이 새로 개발한 신무기에 너무 기대를 걸지 말았어야지. 기대가 크면 실망도 큰 것을."

영미가 생글생글 웃고 있었다.

"문주님! 우리가 아나 모르나 떠보려고 온 것이지요?"

심은지가 주방에서 거실로 나오며 영미에게 물었다.

영미는 아직 율목이한을 맞이하던 소파에 앉은 그 자세 그대로였다.

"우리가 알고 있다는 것쯤은 이미 알고 있었을 것이야!"

영미가 생글생글 웃으며 말했다.

"그, 그럼요?"

심은지가 다시 영미에게 물었다.

"우리가 조사한 내용으로 보면 공업문 호위대와 공업문 비밀부대까지 합치면 2만여 명의 신무기를 소지한 막강한 군대가 왕궁을 칠 것이다. 물론 비밀문이나 왕궁 호위대는 이미 손을 써서 허수아비로 만들었고. 그들이 가장 큰 적으로 감찰어사부를 꼽고 있는데, 그들은 감찰어사부를 아직 자신들의 상대로는 생각하지 않는다. 그러니 겁을 줘서 미리 도망가라고 권유하는 것이다."

영미가 말했다.

"이해가 안 가요! 만약에 천국성 방위군을 움직이면 어쩌려고 자신들이 역모를 할 것이라고 미리 말하겠어요?"

심은지가 영미에게 다시 물었다.

"천국성 방위군이나 치안대는 그들이 행동을 보이는 것이 드러나야만 움직일 수 있어. 확실한 증거가 있어야 하고. 만약에 내가 감찰어사의 직권으로 방위군이나 치안대를 움직이면, 그들은 날짜를 변경할 것이고 난 직권남용을 했다는 오명을 뒤집어쓰고 성민들의 웃음거리가 될 것이야. 그럼, 이 감찰어사직도 내놔야 할 형편이 되잖아. 그들이 노리는 두 번째 함정이 그것이야. 도망을 쳐도 방위군이나 치안대를 움직여도 난 그들의 함정에 빠지게 되지. 킥킥⋯⋯."

영미가 생글생글 웃었다.

"와아! 문주님은 역시 천재예요!"

심은지가 영미의 말을 듣고 엄지손가락을 치켜세우며 감탄했다.

"그런데⋯⋯ 농업문과 상인문은요?"

심은지가 다시 영미에게 물었다.

"그들은 움직이지 않을 것이야! 아니 움직이지 못할 것이야!"

영미가 말했다.

"그걸 어떻게 알아요?"

심은지가 물었다.

"그들은 서로 눈치를 보며 어부지리를 얻으려고 공업문이 먼저 움직이기를 기다릴 것이고, 공업문이 무참하게 깨지는 것을 본 순간 그들은 깊이 숨어 버릴 것이니깐. 감찰어사부의 무서움을 뼈저리게 느끼고 감히 어설픈 행동을 못 할 테니까."

영미가 생글생글 웃었다.

"역시 문주님 이목을 속일 수는 없네요!"

심은지가 말했다.

"킥킥⋯⋯."

영미는 그냥 생글생글 웃고 말았다.

하늘엔 온통 항벌(팔뚝만큼 큰 벌) 떼가 대연, 청란, 지화의 꿀을 따려고 바쁘게 날아다니던 화창한 봄.

공업문 광장.

10만 평 넓은 광장 위엔 2만여 명의 무장한 군인들이 질서 정연하게 서 있었다.

그들 앞에는 마치 나사못같이 생긴 커다란 장갑차 30대가 서 있었다.

공업문에서 새로 개발한 장갑차다.

땅속이나 하늘이나 바닷속이든 가리지 않고 움직일 수 있으며,

천국성에서 가장 강한 광석을 이용하여 제작된 장갑차이므로 파괴가 어렵다는 장점을 갖고 있다.

2만여 명 군인들 중

8천여 명은 청색 간편한 옷차림으로 어깨엔 팔뚝 굵기의 50센티 크기의 총을 메고 있었다.

장애물은 그대로 놔두고 투시되어 사람만 해칠 수 있는 전파총이다.

레이저 광선총을 3단계 이상 뛰어넘어 천국성 방위군에게 지급된 신형 무기로서 공업문에서 직접 개발한 전파총은 천국성 방위군이 소지한 것보다 1단계는 발전된 연속 살상 기능을 갖춘 무기다.

1만 2천여 명은 천국성 방위군이 소지한 전파총과 성능이 비슷한 권총을 소지하고 있었다.

그들 앞엔 단상이 설치되어 있었다.

그 단상 위로 율목이한이 천천히 올라가고 있었다.

율목이한 옆에는 미모의 30대 여인이 노란 상의에 녹색 치마를 입고 같이 걷고 있었다.

단상에 설치된 마이크 앞에 먼저 30대 여인이 섰다.

"제군들! 우린 오랫동안 기다려왔다! 공업문의 영광된 날을 위하여 어둠 속에 숨어서 오늘을 기다려 왔다! 오늘 우리는 천국성의 새로운 주인이 될 것이다!"

30대 여인이 큰 소리로 외쳤다.

"와아! 공비대장님 만세!"

8천여 명의 청색 군인들이 만세를 외쳤다.

공비대.

공업문 비밀 부대.

공비대장 자율미희.

공업문주의 여동생이란 튼튼한 줄을 잡고 막강한 군부대의 우두머리가 된 여인.

자율미희가 손을 흔들며 뒤로 한발 물러섰고

율목이한이 마이크 앞에 섰다.

"우린 가장 빠른 속도로 왕궁으로 간다. 비밀문과 왕궁 수비대는 이미 우리들 손에 넘어왔다. 감찰어사부는 우리의 무서움을 알고 이미 도망을 쳤는지 꽁무니도 보이지 않는다. 우린 무혈 입성할 것이다. 민간인들은 절대 상하게 하지 말라! 대항하는 적만 소탕하라! 자, 호위대는 왕궁으로 가서 황제와 황후를 잡는다. 공비대는 태상부로 가서 태상황제와 태상황후들을 잡는다. 출발해라!"

율목이한이 소리쳤다.

"존명!"

군인들이 동시에 존명을 외치며 질서 정연하게 움직이기 시작했다.

아무도 막을 자가 없다는 생각에서 그들은 몸을 숨기지도 않고 허공으로 날아가기 시작했다.

낮은 지상을 날아 두 갈래로 움직였다.

공업문 호위대는 황궁 정문으로.

공업문 비밀부대는 황궁 후원 쪽 태상황궁으로.

제13장

아름다운 인조 여인

"칼칼칼……."

황궁 정문을 넘던 공업문 호위대 앞에 간드러지게 웃는 여인이 두 명 있었으니

엷은 망사의로 몸이 훤히 들려다 보이는 차림을 한 여인들.

큼직한 검은 눈에 갸름한 얼굴.

투명하다 못해 실핏줄까지 다 보이는 피부에 마치 조각을 한 듯 오 뚝한 코. 도톰한 빨간 입술.

한 줌은 될까.

그렇게 가느다란 허리는 세상에서 처음 보는 것 같았다.

출렁.

움직일 때마다 금방 떨어질 듯 터질 것 같은 가슴.

황궁 정문을 넘던 공업문 호위대들은 숨이 콱 막혔다.

마치 정신을 혼미하게 만드는 황홀한 여인의 향기가 코끝을 자극 했다.

"호호호…… 하아."

여인 둘이 너울너울 춤을 추기 시작했다.

그윽한 여인의 향기를 담은 매혹적인 춤은

공업문 호위대장 율목이한까지 임무를 망각하고 정신 줄을 놓은 채 로 구경하게 만들었다.

푸시시.

모든 무기가 재가 되어 그들 시야에서 사라져도

그들은 그게 뭔지 아무도 몰랐다.

살랑살랑.

여인들 손에서 가느다란 하얀 끈이 춤추듯 흘러나왔다.

율목이한은 자신이 그 끈에 꽁꽁 묶여도 아는지 모르는지 여인들 춤을 향한 눈동자는 움직일 줄 몰랐다.

1만 2천 명.

공업문 호위대는 그렇게 모두 체포됐다.

그리고 놀라운 것은.

그 환상적인 여인 둘이 마치 빗자루를 끌고 가듯 1만 2천 명을 묶은 줄을 잡고 끌고 갔다는 사실이다.

천국성 몇몇 성민들도.

황궁의 일부 사람들이 그 장면을 보았다.

"호오…… 어서 와요!"

황궁 후원 태상황궁을 범하던 8천여 명의 공비대.

그들 앞에도 어김없이 두 여인이 나타났다.

단지 옷차림이 틀릴 뿐.

생김새는 같았다.

분홍색 상의에 하얀 치마를 입은 여인 둘.

그러나

참을 수 없을 만큼 역겨운 냄새가 여인들에게서 풍겼다.

공비대는 모두 코를 움켜쥐고 숨을 참아야 할 만큼.

냄새는 역겹고 강했다.

콧물이 줄줄.

눈에선 눈물이 줄줄.

공비대는 그들이 자랑하던 그 신무기가 마치 타버린 재처럼 흩어져 날아가는 것을 지켜보며 숨을 참아야 했다.

자신들이 타고 온 장갑차가 다 재가 되어 흩어져도 그냥 눈물 콧물을 흘리며 지켜보기만 할 뿐이다.

그리고

자율미희를 비롯해서 8천여 명의 역모 죄인들은 꽁꽁 묶여 두 연인의 손에 질질 끌려 천국성 성민들의 구경거리가 된 채 감찰어사부로 끌려갔다.

8천여 명과 1만 2천여 명을 낚싯줄에 묶인 물고기처럼 끌고 가는 장면은 장관이었다.

그 장면을 보고 놀란 일단의 무리들은 서둘러 어디론가 달려갔다.

2만여 명의 공업문 군부대원들이 역모를 꾀하다 단 4명의 여인들에게 모두 잡혔다.

소문은 순식간에 천국성 전체로 퍼졌고

취재 기자들은 서둘러 감찰어사부로 몰려왔다.

감찰어사부 공개 법정.

감찰어사 정영미는 죄인들을 심판하려고 공개 법정을 열었다.

물론 감찰어사부에서 잡은 죄인이라 해도 그 죄인의 형벌을 정하지는 못한다.

사면해주거나 천국성 치안국 법정으로 이관하는 것이 고작이다.

감찰어사부 공개 법정엔 모두 4명이 밧줄에 묶인 채 감찰어사부의 판결을 기다렸다.

자율미희와 율목이한 외에 정아, 그리고 공업문 새로운 문주 자율경준. 자율경준은 상인문 자율선과 6촌이 된다고 알려졌다.

그런 이유로 자율경준이 공업문 문주가 되면서 상인문과 친밀한 관계가 지속되고 있었다.

"자! 지금부터 황궁을 침범한 공업문 죄인들에게 감찰어사부의 판결을 내리겠습니다."

영미가 단상에 앉아 차분하게 말했다.

"역모를 꾀한 주범 공업문 문주 자율경준을 공업 문주직을 파하고 치안국 법정에 이관한다! 또한 앞으로 50년간 공업문 자체 호위병이나 비밀부대를 보유하지 못한다. 무기를 생산하는 생산라인은 철거하고 연구실 역시 철거하며 자료들을 압수한다. 공업문 비밀부대장 자율미희는 성민을 위한 봉사 3년을 명하고 모든 무술을 폐지한다. 공업문 비밀부대원 8천여 명은 모두 6개월간 성민을 위한 봉사 명령에 처한다. 공업문 호위대장 율목이한은 치안국 법정에 이관한다. 호위대 전원은 6개월간 성민을 위한 봉사 명령에 처한다. 정아는 문주를 도와 역모를 꾀한 죄가 인정되나 문주의 명을 따라 행동을 한 것을 인정, 사면 조치한다. 또한 공업문 전체에 대한 특별 감찰 활동을 1년간 지속한다."

영미가 빠르게 감찰어사부 판결을 내렸다.

특별 감찰 활동을 1년간 받게 된 공업문에는 항상 감찰어사부 직원이 상주하며 감시하게 된다.

"이상으로 감찰어사부에서 역모 사건에 대한 판결을 마칩니다. 취재 기자들에 대한 질문을 30분간 받고 특별 법정을 폐지하겠습니다!"

영미가 말했다.

"지금부터 취재 기자들의 질문을 받도록 하겠습니다! 질문이 있으신 기자들은 손을 들어주시길 바랍니다!"

깜찍하게 생긴 지류단경이 사회를 맡았다.

너도나도 손을 들고 있는 기자들을 살펴보던 지류단경이 듬직하게 생긴 남자 기자를 손으로 가리켰다.

"앞줄 4번째 곤색 상의를 입은 기자님 질문하십시오!"

지류단경이 말했다.

"다보아 방송국의 박구만 기자입니다! 감찰어사부의 4명의 여자분이 2만여 명의 공업문 부대원을 순식간에 사로잡고 모든 무기를 재로 만들었다는데, 그 4명의 여자분들은 누구입니까?"

듬직해 보이는 기자 박구만이 질문을 했다.

"그 미녀들은 모두 인조인간들입니다! 감찰어사부에서 새로 개발하여 만들었습니다."

영미가 말했다.

"인조인간이라고요?"

모든 기자들이 동시에 놀라서 소리쳐 물었다.

"그렇습니다! 사람과 비슷한 모양에 지능까지 갖춘 특수 광물질로 만든 인조인간들입니다! 어떤 무기로도 파괴되거나 죽지 않습니다!"

지류단경이 말했다.

"온누리 방송국의 정다민 기자입니다. 인조인간들이라면, 얼마나 만드셨고? 그런 막강한 무기를 만드신 이유가 무엇입니까?"

30대 남자 기자가 질문을 던졌다.

"이번처럼 역모 사건이 생길 것을 미리 알고 대처한 것이며, 그 외 이유로는 우주 전에도 대비를 했다고 보시면 됩니다. 수량에 관해서는 모두 알려드릴 수는 없지만 종류만 10여 종에 이르고 있다는 것만 알려드리겠습니다."

지류단경이 말했다.

"참소식 방송국의 소영주은 기자입니다. 10여 종에 이른다면 모두 이번에 출전한 미녀 인조인간들처럼 무서운 능력을 갖고 있다는 것이죠? 4명씩만 해도 모두 40명이 넘는다는 것이죠?"

검은 생머리가 긴 20대 여기자가 질문을 했다.

"묘하게 우회해서 질문을 하시는군요. 모두 전투용은 아닙니다. 40명이라는 단어도 맞지 않고요. 동물도 닮았고, 곤충도 닮았고, 심지어 물고기도 닮은 것들도 있으니까요. 숫자는 그 이상이 될 겁니다!"

영미가 대답했다.

"감찰어사부가 실제 천국성에서 가장 막강한 힘을 가진 것인데 이번에 지구로 조사를 떠나시는 감찰어사님과도 무관하지는 않겠죠? 즉 감찰어사께서 자리를 비울 동안 감찰어사부가 제 기능을 하려고 힘을 비축한 것이 아닙니까?"

소영주은 기자가 다시 질문을 했다.

"현명한 판단이십니다!"

영미가 대답했다.

기자들의 질문은 계속되자 영미에 이어 지류단경이 기자들 질문에

답하기 시작했다. 지류단경이 열심히 기자들 질문에 답하고 있을 동안 영미는 감찰어사부 어사직무실 소파에서 단잠을 즐기고 있었다.

황궁수비대.

황궁을 최종적으로 수비해서 황제와 황후를 보호하는 천국성 최첨단 군대.

심평보.

황궁수비대장.

황궁수비대장 직무실에서 맛있게 점심 식사를 하던 심평보는 향긋한 여인의 향기에 고개를 돌려 여인을 찾아보았다.

"호오…… 식사는 최고급 식사를 주문해서 드시는군요!"

분홍색 활동 복장 차림의 여인이 심평보와 눈이 마주치자 미소를 지으며 말했다.

"누… 누구신지?"

심평보는 검은 구레나룻이 꿈틀대며 음식을 씹던 상태로 물었다.

"감찰어사부에서 나왔어요! 그대를 공업문과 내통한 역모죄로 체포하려고요. 호호……."

여인은 화사하게 웃었다

여인의 향기가 심평보 심장을 고동치게 만들고 있었다.

"처음 보는 미인이다! 그런데, 감찰어사부라고? 내가 공업문주의 뇌물을 받았다는 것을 알고 왔다는 것인가. 그까짓 것 증거가 있을 리 없다. 발뺌하면 그만이지."

심평보는 미녀의 향기에 취해 잠깐 혼미해지는 정신을 가다듬고 생각을 굴리고 있었다.

"호오…… 증거가 있을 리 만무하다고 발뺌을 하려는 생각을 하시는 군요?"

미녀가 심평보를 반짝이는 눈으로 바라보며 그렇게 묻고 미소를 지었다.

"허걱! 내 마음까지 읽고 있었단 말인가."

심평보는 도둑질하다가 들킨 사람처럼 안절부절못하고 있었다.

"손을 내미세요! 착하죠!"

여인이 화사한 미소를 지으며 말했다.

정신이 혼미해지는 향기가 심평보를 어지럽게 만들고 말았다.

심평보는 자기도 모르게 두 손을 내밀었다.

철컥.

심평보 두 손엔 수갑이 채워졌다.

"가시죠!"

여인은 심평보를 질질 끌고 밖으로 나갔다.

"누구냐!"

황궁수비대원들이 자신들의 대장을 끌고 가는 여인을 발견하고 공격 태세를 취했다.

"감찰어사부."

여인은 짤막하게 말했다.

황궁수비대원들은 대꾸도 못 하고 뒤로 주춤주춤 물러났다.

여인은 황궁수비대원들 가운데로 거리낌 없이 천천히 심평보를 끌고 황궁수비대를 떠나갔다.

비밀문(無門)

태상황궁을 수비하고 태상황의 명을 따르는 형체도 없는 무서운 집단.

비밀문 수석 부대장.

율목청덕.

율목이한의 5촌 아저씨뻘의 50대 남자.

비밀문의 문주는 태상황이나 태상황후가 맡는 것이 대부분이었으니 수석부대장이 모든 요원들을 지휘하는 자리에 있었다.

율목청덕은 부하들에게 감찰어사부가 공업문을 간단히 제압하고 모두 법정에 세웠다는 보고를 받고 증거 자료들을 소각하고 술을 한 잔하고 있었다.

"호호…… 업무시간에 술이라! 비밀문 수석부대장이 그렇게 대단한 자리에 있었나?"

취할 듯 진한 여인의 향기와 함께 간드러진 여인의 음성이 들렸다.

술을 막 들던 율목청덕은 소리가 나는 방향으로 고개를 돌렸다.

"헉! 세상에 저런 미녀가 있었다니."

율목청덕은 술잔이 옷으로 술을 질질 흘리는 줄도 모르고 나타난 미녀를 침을 꿀꺽 삼키며 바라보고 있었다.

"완벽하다. 조금의 흠도 없는 완벽한 미녀다!"

율목청덕은 그렇게 생각하며 미녀의 몸을 샅샅이 훑어보고 있었다.

휘리리링.

하얀 끈 하나가 마치 살아서 움직이듯 율목청덕의 몸을 휘감고 있었지만, 율목청덕은 전혀 모르고 있었다.

"그대를 공업문주의 역모를 방조한 혐의로 체포한다. 감찰어사부로 가자!"

여인의 싸늘한 외침이 없었다면 율목청덕은 한없이 꿈속을 헤매고 있었을 것이다.

율목청덕이 화들짝 정신을 차렸을 때는 이미 온몸이 꽁꽁 묶여있을 때였다.

"여봐라!"

율목청덕이 다급하게 부하들을 불렀다.]

"호호…… 어리석은. 그대 부하들은 이미 제압당해서 움직이지를 못한다. 곱게 따라가는 것이 이로울 것이다."

여인은 다시 정신이 혼미해질 정도의 향기를 발산하기 시작했다.

심평보는 자신도 모르게 고분고분 여인을 따라가기 시작했다.

마치 몽유병 환자처럼.

상인문 문주 자율혁.

늦은 점심을 먹다가 앞에 나타난 미모의 여인을 보고 침을 꿀꺽 삼켰다.

누구보다도 여인을 밝히는 자율혁에겐 천국성에서 처음 보는 미인이었다.

"누구?"

자율혁이 입가에 미소를 띠며 물었다.

"착하죠. 손을 내미세요."

여인은 눈웃음을 치며 말했다. 자율혁은 자기도 모르게 두 손을 앞으로 내밀었다.

철컥.

자율혁에게도 수갑이 채워졌다.

"와아!"

자율혁이 잡혀가는 것을 본 병사들이 여인에게 덤벼들었다.

"멈춰라!"

청년이 호통을 치며 앞을 가로막았다.

"부문주님 왜?"

병사들은 의아한 표정으로 청년을 바라보며 멈춰 섰다.

"상인문 문주께서 역모에 가담했다. 그래서 태상감찰부에서 문주를 소환 중이다. 우리가 태상감찰부에 대항하는 것은 역모에 가담하는 것과 다름없다. 그러니 모두 물러서라."

청년이 그렇게 소리치자 병사들은 모두 물러섰다.

"호호호…… 상인문 부문주 자율진. 그대를 존경해요."

여인은 청년을 보며 깍듯이 인사를 하고 자율혁만 데리고 떠났다.

공고문

감찰어사부에서 역모 사건을 적발하고 제압하여 그 죄수들의 판결을 아래와 같이 하였습니다.

주범 공업문주 자율경준을 공업문주직을 파하고 치안국 법정에 이관 조치하였음. 공업문 호위대장 율목이한. 치안국법정에 이관 조치.

공업문 정아. 사면 조치.

공업문 비밀부대장 자율미희. 봉사3년 치안국 법정에 이관.

상인문 문주 자율혁을 역모죄로 문주직을 파하고 앞으로 50년 간 상인문에서 파문한다.

비밀문 수석부대장 율목청덕은 수석부대장직을 파하고 치안국 법정에 이관.

황궁수비대장 심평보는 수비대장직을 파하고 치안국 법정에 이관 조치하였음을 알려드리며

앞으로 그 어떤 반란도 용서하지 않을 것을 알려드립니다.

감찰어사부 감찰어사 정영미.

쾅.

천국성은 감찰어사부에서 발표한 공고문을 TV나 컴퓨터로 보고 바싹 긴장들 하고 있었다.

특히 인조인간에 대한 뉴스가 나갈 때는 어떤 음모를 진행하려던 무리들은 촉각을 곤두세우며 지켜보아야 했고,

인조인간에 대한 호기심을 가진 자들은 자세한 것을 알기 위해 서둘러 감찰어사부가 있는 청인시(천국성 수도)로 몰려오기 시작하면서

거센 바람이 일고 있었다.

호기심을 가진 자들을 위한 쇼를 준비했는가.

감찰어사부에서 감찰어사부 광장에 매일 인조인간을 한 가지씩 몰려온 사람들에게 공개했다.

입소문과 방송이 나가면서 수많은 사람들이 꾸역꾸역 감찰어사부

광장으로 몰려왔다.

인조인간을 공개하는 것은 단 10일간이다.

지류단경이 여러 기자들 앞에서 그렇게 밝혔고

그 기간을 놓칠까 봐 구경꾼들은 서둘러 감찰어사부 광장으로 몰려오면서

치안국에선 사고를 방지하기 위한 질서를 유도하기 위해 무려 5만여 명의 치안대를 매일 지원했다.

인조인간들, 인조곤충, 인조동물, 인조어류 등이

매일 교대로 하나씩 대중들 앞에서 갖은 능력을 보여줬다.

모든 것이 영미가 감찰어사부의 힘을 보여주려는 생각에서 지시를 한 것이다.

자신이 지구로 임무를 완수하기 위한 기간 동안 천국성을 안전하게 지키려는 방책이었다.

함부로 날뛰지 마라!

감찰어사부는 이렇게 무섭다!

이런 엄포였다.

영미가 지구로 오기 전 이야기를 모두에게 길게 했다.

그리고 미리 지구로 온 청유회는……

f 빌딩.

대한민국에서 갑자기 나타나서 초스피드로 10대 재벌까지 오른 기업 경은금융의 빌딩이다.

3,000평 부지에 500평. 건평으로 총 50층 연건평 25,000평.

경은금융은 단 한 가지 사업만 한다. 저리의 이자로 대출을 해주고 카드를 발급하는 것.

모든 이자 대출은 대한민국에서 가장 싼 이자로 3%대 이자를 자랑한다.

이미 1천만 명 이상이 경은금융에서 대출을 받은 것으로 알려졌다.

경은금융의 회장

장경은.

천애 고아로 알려졌으며 이모가 한 명 있다고 전해졌다.

장경은 회장은 나이가 67세라고 전해졌다.

경은금융의 47층 가장 깊숙한 곳에 위치한 원룸.

새벽에 멀리 태양이 떠오르는 하늘을 바라보며 영미가 창가에 서 있었다.

"킥킥…… 67세 할머니라고? 네가? 킥킥…… 잘하고 있었네."

영미가 자하경은에게 생글생글 웃으며 물었다.

커피를 준비하던 자하경은이 빙긋이 웃기만 했다.

"난 오늘부터 서울 구경이나 할 테니 내 존재는 비밀로 해라!"

영미가 말했다.

"아……! 알았어!"

자하경은이 대답했다.

아직 강희를 비롯해서 소연, 강철, 자율선은 잠을 자고 있었다.

"5일 전에 백타성 태자님한테서 연락이 왔는데 결혼식이 있다고 하던데. 헤리피민이 결혼을 한다고."

자하경은이 커피를 들고 오며 이제야 생각이 난 듯 말했다.

"웅! 나도 연락은 받았어. 토양성에서 데리고 온 여자라 하던데. 킥킥…… 그 녀석 취향도 참. 외계인을 좋아하다니."

영미가 생글생글 웃었다.

"외계인? 토양성이라면 그 미개인들이 산다는? 이모가 동물을 죽인다고 혼내주고 왔다는 그들?"

자하경은이 물었다.

"그래! 그렇지!"

영미가 대답했다.

"흠……! 왠지 이상해!"

자하경은이 고개를 갸우뚱하면서 말했다.

"뭐가?"

영미가 물었다.

"그 토양성 사람들이라면 이모한테는 호의적이지 않을 텐데. 왜 그곳 여자와 결혼을……. 뭔가 불길한 생각이 든다!"

자하경은 얼굴에 그늘이 드리워지고 있었다.

"별걱정을 다하네. 헤리피민은 내 친구야! 그가 결혼을 한다면 그럴 이유가 있겠지."

영미가 별생각도 없이 말했다.

"혹시……! 헤리피민이 이모 우주선에 명을 내릴 수 있지?"

자하경은이 영미에게 물었다.

"있지! 그가 만든 우주선이니깐!"

영미가 말했다.

"흠……!"

자하경은이 뭔가 걱정이 되는 표정이다.

영미가 커피를 한 모금 마시며 창가에 서서 태양이 떠오르는 것을 지켜보고 있었다.

그런 영미의 뒷모습을 바라보는 자하경은 얼굴엔 걱정이 가득했다.

그때 딩동댕 소리와 함께.

모니터에 지류단경이 나타났다

"좋은 소식이에요. 천국성에서 음모를 꾸미던 심효주와 인조인간들을 일망타진했다는 보고에요."

지류단경이 환하게 웃으며 말했다.

"오! 그래? 다친 사람은 없고?"

영미가 급히 물었다.

"네! 헌데 이번에 심효주를 잡는데 선리라는 아가씨가 젤 많은 공을 세우셨다는데 선리 아가씨는 뭐 하는 사람이에요?"

지류단경이 영미에게 물었다.

"아하! 수민이가 탐정 w. 선리는 탐정 a. 그래, 서로 상대를 모를 뿐이지. 선리는 그 탐정 사무실을 운영하는 사장이기도 하고. 그건 비밀이지만."

영미가 말했다.

"헉! 그럼 수민이 사장이 선리님이란 말이에요? 놀랍네요. 선리 그분이 그런 대단한 분인 줄."

지류단경이 놀랍다는 표정으로 말했다.

"킥킥…… 더 놀라운 사실도 있지."

영미가 웃으며 말했다.

"엥? 뭔데요? 저에겐 숨김은 없기로 했잖아요."

지류단경이 궁금한 것은 참지 못하는 모양이다.

"야두리미미라고. 야두리혁의 딸이 있는데 그 미미의 유일한 친구야."

영미가 입가에 미소를 지으며 말했다.

"네에? 야두리혁의 딸?"

지류단경이 놀라고 있었다. 정미담은 무슨 말인지 몰라 어리둥절하고 있었다.

영등포.

두부 전문점.

아침 식사를 위해 영미 일행이 찾은 식당이다.

자하경은이 할머니로 변장하고 자주 들렸다는 음식점.

지금은 자하경은이 본래 모습으로 왔기 때문에 식당 주인이 알아보지 못했다.

강철과 강희.

소연 노파와 자율선도 함께 왔다.

긴 식탁을 가운데 두고 영미의 우측엔 자하경은이, 좌측엔 강희가 앉았고 맞은편엔 소연, 강철, 자율선이 차례로 앉았다.

"이렇게 아침을 모두 모여서 먹으니깐 좋구나!"

소연 노파가 물컵을 들고 한 모금 마신 후 즐거운 표정으로 말했다.

"식사 끝나고 구경이나 다니며 놀죠. 딱히 할 일도 없는데."

자율선이 말했다.

"전 오랜만에 이모랑 둘이서 할 이야기가 많으니, 다른 분들은 구경 다니시다가 오세요. 길 잃어버리지 마시고요."

자하경은이 말했다.

"쳇!"

자율선이 입을 삐쭉 내밀었다.

자율선은 영미랑 같이 구경 다니려던 생각이었는데

자하경은이 그걸 이야기조차 꺼내지 못하게 막아버린 것이다.

"난 돌아가려고. 여기서 할 일도 이젠 없는데 천국성으로 가야지."

강철이 말했다.

"나도 데리고 간다고 했죠?"

강희가 강철의 눈을 바라보며 물었다.

"아 참! 강희는 오늘 남아. 내가 할 말이 있어!"

영미가 강희에게 말했다.

"나, 난……! 오빠 따라가야 하는데……."

강희가 강철의 표정과 영미 표정을 살피며 말했다.

드르륵.

룸의 문이 열리며 서빙 하는 아줌마들이 식사를 가지고 들어왔다.

"오빠……!"

강희는 아랑곳 않고 맞은편에 앉은 강철을 바라보며 구원의 눈짓을 했다.

"맛있게 드세요!"

서빙 하는 아줌마가 식사를 탁자에 올려놓고 나가며 말했다.

"킥킥…… 어차피 오빠도 돌아갈 수 없으니 따라가 봐야 헛고생이야!"

영미가 서빙 하는 아줌마들이 모두 물러가자 강희에게 말했다.

"그래, 어서 밥이나 먹어!"

자하경은이 말했다.

"무…… 무슨 소리냐?"

강철이 영미에게 물었다.

"이곳에 대기 중이던 우주선은 모두 백타성 제2공항으로 옮겨졌어! 분실할 염려가 있어서……."

영미가 말했다.

순간 강철의 눈빛이 약간 떨림을 보였다.

그 짧은 순간을 영미는 놓치지 않고 보았다.

'역시……! 뭔가 있어!'

영미는 그렇게 생각하며 강철의 행동을 주시했다.

"그럼! 언제쯤 올 수 있어?"

강철이 영미에게 물었다.

우주선을 지금 부르면 얼마나 걸리느냐 묻는 말이다.

"아직은 안 돼! 내가 가서 갖고 와야만 하거든!"

영미가 말했다.

"무슨 말이야?"

자율선이 물었다.

"당분간 율선이 너도 지구에 남아 있어야 해. 너희를 잡아갔던 자가 바로 우주선을 노리거든. 그걸 뺏어서 그자가 천국성으로 돌아가면 천국성은 피바다가 될 거야! 그걸 막기 위해서 모든 우주선은 백타성에서 관리하는 제2공항으로 옮겨져 백타성 방위군이 철저히 지키고 있어!"

영미가 말을 하면서 강철의 표정 변화를 유심히 살폈다.

그러나 강철의 표정엔 변화가 없었다.

"음……!"

영미는 고개를 갸우뚱했다.

강철에게서 처음 한 번만 눈이 흔들렸을 뿐 이상한 징후는 발견하지 못했던 것이다.

"그럼! 너의 전용 우주선은?"

자율선이 영미에게 물었다.

"이모 것은 이모가 아니면 아무도 못 타게 돼 있으니 괜찮아!"

자하경은이 자율선의 물음을 일축해 버렸다.

자율선은 영미 우주선은 어디에 있느냐고 묻고 싶었는데,

아니 강철도 마찬가지 질문을 하고 싶었지만

자하경은이 모든 질문을 사전에 막아버린 것이다.

"오빠! 그럼 어떻게?"

강희가 강철을 바라보며 안절부절못하고 있었다.

꼭 따라가려고 했는데

강철 역시 이젠 천국성으로 가려면 영미의 허락을 받아야 가능하다는 이야기가 아닌가.

강희는 다시 영미의 표정을 살피며 어쩔 줄 몰라 하는 표정이다.

"자! 자! 나하고 서울 구경이나 할 사람?"

소연 노파가 식사를 마치고 모두를 둘러보며 물었다

"율선이가 언니를 보호해드려!"

영미가 자율선을 보고 말했다.

자율선에게 소연 노파를 따라다니며 지켜드리라는 명이다.

"헉! 나…… 혼자서?"

자율선이 영미에게 물었다.

정말이지 자율선은 늙은 할머니랑 같이 구경 다니기는 싫었다.

"강철 오빠도 같이 다니면 되겠네! 강희는 나하고 이야기 좀 해야 하니깐!"

영미가 말했다.

"아……! 알았다!"

강철이 마지못해 대답했다.

강희는 못마땅한 표정이었으나 강철과 영미 표정을 번갈아 살피기만 할 뿐 뭐라고 대꾸를 못 했다.

"나야 두 젊은 기사를 옆에 거느리고 구경 다니니 바랄 것이 없지만, 두 사내 녀석들이 늙은 할망구와 구경 다니게 된 것이 불만일 텐데?"

소연 노파가 강철과 자율선을 바라보며 물었다.

"아…… 아닙니다!"

자율선은 얼른 변명을 했다.

"하하…… 아니라고는 못 하죠!"

강철은 변명을 하지 않고 직설적으로 대답했다.

두 사람의 성격 탓이다.

"그럼, 이제 우린 저녁에나 만나겠군!"

소연 노파가 영미에게 눈을 찡긋거리며 말했다.

"언니! 구경 재미있게 하세요!"

영미가 소연 노파에게 말했다.

"잘 다녀오세요!"

자하경은도 소연 노파에게 인사를 했다.

소연 노파는 자하경은에게도 눈을 찡긋해 보이며 자율선과 강철을 양쪽에 세운 채 천천히 걸어서 도로 저편으로 사라져갔다.

한참 동안 소연 노파가 사라진 방향을 바라보던 영미는 자하경은을 따라 다시 f 빌딩으로 들어갔다.

강희는 뒤에서 마치 도살장에 끌려가는 소처럼 비실거리며 따라갔다.

f 빌딩 옥상.

강희와 영미가 마주 보고 섰다.

"이제부터 너에게 선물을 주겠다."

영미가 보라색 나비를 꺼내 강희에게 주었다.

"이게 뭐야?"

강희가 영미에게 물었다.

"이제부터 널 지켜줄 네 친구야! 이름은 초이라고 해."

영미가 말했다.

"초… 이……!"

강희가 화들짝 놀라 소리쳤다.

"왜 그래?"

영미가 의아한 표정으로 물었다.

"아, 아냐! 언젠가 꿈속에서 본 나비… 이름… 초이… 그랬는데……."

강희는 대답을 하면서 마지막 말은 점점 작아져 강희 혼자 중얼거리는 소리 같았다.

"너! 한 가지만 물을게?"

영미가 말했다.

"뭔데?"

강희가 물었다.

"네 본명이 뭔지 기억나?"

영미가 물었다.

영미는 이미 오래전 강희가 자신의 기억을 잊고 있다는 것을 알았다.

"아니!"

강희는 고개를 흔들며 말했다.

"잘 생각해봐! 꿈속에서라도 부르던 이름을?"

영미가 다시 물었다.

"초이… 이 나비…! 그리고… 정림… 심정림. 아아…… 누구지."

강희가 혼자 중얼거리듯 말했다.

"심정림? 그래, 아마도 그게 너의 본명일 것이야!"

영미가 말했다.

"내가? 내 이름이 심정림?"

강희가 중얼거리듯 물었다.

"아마 네 이름이 심정림이 맞을 것이야! 한꺼번에 많은 생각을 하려고 하지 말고 지금부터 넌 이 옥상에서 초이랑 같이 놀면서 친해지도록 해! 오늘 이 옥상문은 봉쇄될 테니깐 아무도 올라오지 못할 것이야. 하루 종일 초이와 친분을 쌓도록! 알았지?"

영미가 강희에게 명령하듯 말했다.

"아, 알았어! 그렇게!"

강희는 초이를 손바닥에 올려놓고 입을 맞추며 즐거운 표정을 지었다.

그런 강희를 바라보던 영미는 슬그머니 옥상에서 사라졌다.

"이모!"

자하경은이 옥상에서 내려와 47층 룸으로 돌아온 영미를 도끼눈을 뜨고 잡아먹을 듯 노려봤다.

"왜, 왜 그래?"

영미가 잔뜩 겁먹은 표정으로 뒷걸음치며 물었다.

"왜? 초이를 그 여시한테 주는 것이야?"

자하경은이 화가 난 이유는 그것 때문이었다.

"미, 미안! 사실은 그 여시가 아직 기억상실증에 걸려 있거든! 서서히 제정신을 차리는 데 초이가 올바른 길로 인도해 주길 바라며 그 여시를 준 것이다! 초이가 충분히 그 여시 마음을 착한 방향으로 인도할 것이라 믿는다!"

영미가 말했다.

"뭐라고? 그까짓 여시가 뭔데? 그렇게까지 생각하는 거야?"

자하경은이 아직도 화가 덜 풀린 것 같았다.

"그 여시가 본정신으로 돌아오면 아마도 나 같은 것은 둘이 있어도 그를 이기지 못할 것이야! 너무도 강한 그런… 아무튼 두고 보면 알 것이야!"

영미가 말했다.

"뭐어? 설마?"

자하경은이 영미의 말을 믿지 못하겠다는 표정이다.

"또 한 가지는 강철을 바로잡아줄 사람이 강희, 그 여시뿐이라는 걸

알았기 때문이야!"

영미가 말했다.

"강철 태자님을? 태자님이 어때서?"

자하경은이 물었다.

"아직 확실한 것은 몰라! 짐작만 할 뿐!"

영미가 말했다.

"짐작? 어떤?"

자하경은이 다시 물었다.

"누군가에게 조종을 받고 있다는 징후가 나타나고 있거든! 언젠가 소연 언니가 한 말이 자꾸 걸려서…… 심효주가 만든 옷이 완체라고. 완체를 입으면 심효주의 마술에 걸린다고."

영미가 말했다.

"정말? 그렇다면 벗으라고 해야지?"

자하경은이 걱정스런 얼굴로 영미를 보며 말했다.

"이미 늦은 것 같아."

영미가 자하경은을 보며 씁쓸한 미소를 보였다. 무엇이든 다 이야기할 수 있는 조카. 아니, 피붙이가 있다면 그게 자하경은이다.

영미가 세상에서 가장 믿는 사람이 자하경은이었다.

그 이유는 자암옥에서 태어나 세상 구경을 처음부터 영미랑 같이했기에 악의 무리들에게 전혀 오염이 안 된 순수한 영혼이기란 생각에서였다.

또 하나 마치 친조카처럼 생각하고 서로 의지하는 피붙이이기에 더욱 영미는 자하경은을 믿었다.

그런 이유로 영미는 자하경은에겐 조금의 숨김도 없었다.

자하경은 역시 아직까지는 영미에게 뭔가 숨기는 것이 하나도 없었다.

"헤헤…… 이모가 이건 너무 앞서간다는 생각이 든다! 강철 태자님이 누군가에 조종을 받는다? 믿을 사람이 있겠어?"

자하경은이 말했다.

"나도 처음에 태상황후님께 강철을 제거하라는 하명을 받고 의아하게 생각했지만, 조금씩 그 이유를 알게 되었어! 그리고 삼태성 박유혁이란 사람도 말했어. 완체 그 보물에 비밀이 있다고."

영미가 말했다.

"비밀이라니?"

자하경은이 물었다.

"완체를 만든 사람이 심효주란 것이야. 야두리혁의 부인. 죽은 척 위장하고 어디선가 음모를 꾸미는 것 같다고 했어. 완체를 입은 사람은 그 심효주의 명을 듣게 된다고도 했고. 심효주는 원래 생사인 스승님의 둘째 부인인데, 야두리혁과 눈이 맞아 스승님을 배신한 것이지. 해서 야두리혁의 부인도 돼. 해서 지구로 간 야두리혁의 부인 토목담향을 미워해서 야두리혁도 미워한 것이지. 야두리혁을 지구로 추방한 음모도 심효주가 꾸민 일이고."

영미가 말했다.

"그런 일이! 그래서 강철 태자를 죽이라는 명을 내린 것 아닐까? 그렇다면 뭔가 이유가 있을 테니까. 이모가 생각한 것이 맞을지도. 허나 심효주는 이미 제거했잖아? 이젠 그럼 누구의 지시를 받지?"

자하경은이 그때서야 영미 생각을 조금은 믿는 표정이었다.

"야두리혁. 심효주의 지시를 받는 자라면 야두리혁의 지시도 받을 수 있어. 조금 더 알아보면 확실히 뭔가 나올 테지!"

영미가 말했다.

"아무튼 초이를 그 여시한테 줬으니 얼른 새로운 것을 만들어 보내라고 해야겠어!"

자하경은이 초이를 강희한테 준 것이 너무도 아깝다는 표정이었다.

"그래! 고마워! 난 벽화이도에게 좀 다녀올게!"

영미가 말했다.

"쳇. 다른 건 다 말해주면서 벽화이도 일은 아직도 나한텐 비밀이야?"

자하경은이 입을 삐쭉 내밀었다.

"이런! 우리 경은이가 이렇게 바보였었나!"

영미가 호들갑을 떨며 말했다.

"잉!"

자하경은이 영미를 쏘아보며 화난 척했다.

"자기는 이 나라에서 10대 재벌에 들었으면서. 같은 기간에 갑자기 큰 10대 재벌의 정보도 파악 못하다니…… 쯧쯧……."

영미가 말했다.

"……! 그, 그럼!"

자하경은이 뭔가 눈치 챈 표정을 지었다.

"킥킥…… 이제야 눈치를 챈 모양이군! 맞아! 너와 같이 이 나라 10대 재벌에 낀 벽도전자가 바로 그야!"

영미가 생글생글 웃었다.

"헉!"

자하경은이 기겁을 하였다.

영미가 생글생글 웃는 모습 그대로 다리부터 차츰차츰 허공에 흩어지며 사라지기 시작한 것이다.

"쳇! 그건 또 무슨 마술이람? 이모는 아는 것도 너무 많아! 벌써 이도한테 갔나 보네!"

자하경은이 미소를 지으며 투덜거렸다.

"그나저나 벽도전자라……! 헤헤…… 자신 이름을 나눠서 만든 회사 이름을 아직도 눈치 채지 못했다니. TV라 했지? 컴퓨터하고. 세계가 놀란 기술이라고? 헤헤…… 벽화이도 이 녀석! 350년 전에나 만들었을 그런 전자제품으로 지구에서 무서운 연구실이란 별호를 얻다니. 연구실이나 뭐 있을까! 그 정도는 천국성 역사책에 수두룩하게 나오는 것들인데. 헤헤……."

자하경은이 혼자서 뭐가 그리 재미있는지 싱글벙글 웃고 있었다.

서울 인근 위성도시 김포시.

장기동에 대한민국 10대 재벌 벽도전자 본사가 있다는 것은 누구나 다 아는 사실이었다.

공장 근처에 본사가 있어야 한다는 방침 아래 아파트촌 장기동에 8층 건물을 세우고 벽도전자 본사 건물로 이용했다.

공장은 1킬로 정도 떨어진 양촌이란 마을에 있었다.

공장의 모든 시설은 자동으로 이루어져 있어서 규모도 크지는 않지만, 생산량은 100배 큰 공장과 같았다.

도도하게도 세계 각국에서 주문을 하고 직접 와서 싣고 가야 하는 식으로 수출을 하고 있었다.

배달이란 것은 전혀 하지 않았다.

대한민국 국내에서도 판매를 하는 각 상인들이 미리 주문을 하고 날짜에 맞춰 와서 싣고 가야 하는 것이다.

독단적인 판매 담당 회사는 정하지 않고 모든 것을 경쟁적으로 주문과 출고가 이루어져 있는 것은 물론,

한 상인에게 정해진 물량 이상은 공급하지 않기로 유명했다.

국내 상인들에겐 한 번에 TV와 컴퓨터 합쳐서 100대 이하로 규정했고,

외국 상인들에겐 그 열 배에 해당하는 1,000대 이하로 규정했다.

그렇다 해도,

전 세계적으로 가장 앞서가는 전자제품이므로 늘 인터넷 서버가 다운이 될 지경으로 몰렸다.

제품은 한 달을 주기로 새로운 제품이 출시됐다.

컴퓨터 모니터와 TV는 두루마리란 명칭이 말해주듯 둘둘 말았다가 펼칠 수 있고, 벽에다가 간단히 붙일 수 있고, 걸 수 있는 종이처럼 얇았다.

벽도전자는 두루마리 TV, 두루마리 모니터로 전 세계를 경악시키며 창설한 지 불과 3개월 만에 대한민국 10대 재벌은 물론 전 세계 100대 재벌에 당당히 오르는 기염을 토했다.

단 한 가지 연구자료 하나만 가지고도 전 세계 100대 재벌에 오를 수 있었던 것이다.

연구자료 한 가지만 하여도 재산 가치는 엄청났다.

그런 연구 자료가 3개월 동안 벌써 2번을 바뀌며 더욱 얇고 화질이 뛰어난 두루마리 TV와 모니터로 세상을 놀라게 하였다.

본사 건물이 말해주듯.

직원도 많이 필요가 없었다.

모든 것이 인터넷으로 주문과 대금 지불이 이루어지므로 직원은 고작해야 100여 명에 불과했다.

건평 130평에 8층.

그것도 7층까지만 회사 사무실로 사용되고 8층은 누구도 진입이 불가능한 회장 사택으로 사용됐다.

7층까지 오르내리는 엘리베이터와 8층만 오르내리는 엘리베이터가 별도로 운영되었고.

7층에서 8층으로 오르는 계단 자체가 없었다.

회장 사택에 올라가려면 오로지 1층에서 사택 전용 엘리베이터를 타야만 하였다.

그러나

엘리베이터는 두 명씩 두 명씩 지키는 경비 건물을 무려 5개나 지나야 탈 수 있었다.

일반인이나 도둑은 절대로 들어갈 수 없는 금지구역이었다.

경호원들은 모두 20대 젊은 청년들로 9명은 하얀 상의에 검은 바지를 입고 단 한명만 아래위 모두 청색 옷을 입고 있었다.

청색 옷을 입은 청년이 경비 대장이었다.

늘 청소도 하고 질서 있게 경비를 섰지만 오늘은 새벽부터 반짝반짝 윤이 나도록 쓸고 닦고 하였다.

복장도 경비대장이 친히 일일이 점검하고 있었다.

벽도전자 회장 김진철.

나이 51세.

나이답지 않게 머리가 하얀 것이 그의 특징이었다.

그는 몇 해 전 아내를 잃고 외동딸과 단둘이 산다고 하였다.

그런 회장이 오늘 외국에 유학 중이던 딸이 온다고 경비원들에게 명을 내린 것이다.

'우리 딸은 지저분한 것은 딱 질색이라네.

딸에게 지저분하다고 지적을 받은 자는 당장 해고할 것이네.'

청색 옷을 입은 청년.

경비대장 유성민.

y 대학에서 유도와 검도는 물론 태권도까지 합쳐서 12단이나 되는 무술 고단자였다.

청소를 끝내고, 복장 점검을 끝내고 잠시 쉬면서 담배를 한 개비 입에다 물었다.

"이런! 담배 냄새……! 켁켁……!"

경비대장 유성민은 뒤에서 들려오는 소녀 목소리에 화들짝 놀라서 고개를 획 돌렸다.

생글생글.

두 눈이 너무 커서 얼굴을 4분지 1은 눈이 다 차지할 만큼 검은 두 눈을 반짝이며

자신의 얼굴을 쳐다보는 15~16세 정도의 소녀가 방금 자신이 앉았던 경비대장 의자에 앉아있었던 것이다.

"헉! 언제……!"

유성민은 물론 경비원들도 모두 놀라서 소녀 모습을 바라보았다.

"이런! 담배 냄새가 싫다니깐!"

소녀가 유성민을 바라보며 두 눈을 상큼 치뜨고 노려봤다.

너무도 귀엽고 예쁜 소녀였다.

"누, 누구냐?"

유성민이 소녀를 보고 물었다.

"아가씨라고 불러야지요! 아빠가 미리 이야기한다더니 거짓말을 했군!"

소녀가 두 눈을 깜빡이며 고개를 갸우뚱했다.

"헉! 외국 유학 중이라던 회장님 외동딸이다!"

경비원들은 모두 이제야 그 사실을 알아차렸다.

"죄송합니다! 아가씨가 오신 줄 몰랐습니다! 제가 안내하겠습니다!"

유성민이 얼른 환한 웃는 얼굴로 표정을 바꾸며 굽실굽실 허리를 굽혔다.

"노. 노. 손에 담배 냄새 묻었어! 담배 안 피우는 분이 누구예요?"

소녀는 유성민이 안내를 하겠다는 것을 담배를 피웠다는 이유로 거절하고 담배를 안 피우는 경비원을 찾았다.

"접니다!"

곱상하게 생긴 경비원 하나가 손을 번쩍 들었다.

"오케이! 안내해요!"

소녀는 손을 든 경비원을 손가락으로 가리키며 손가락을 까닥까닥했다.

"으으…… 아무리 회장님 외동딸이라고 해도 그렇지, 안하무인격이군. 버릇이 없어!"

유성민은 속으로 울화가 치밀었다.

그렇다고 겉으로 그렇게 말을 할 수도 없는 처지였다.

이미 찍힌 자신이지만,

여기서 더 찍히면 해고를 당할 것이 불 보듯 뻔했던 것이다.

회장 성격이 괴팍하기로 유명해서 가장 편하고 월급이 많은 경비원 자리에서 밀려나면 아마도 회사 정문 수위 자리로 내보낼 것이 분명하기에 소녀가 아니꼽고 때려주고 싶어도 꾹 참을 수밖에 없었다.

그런데,

"당신!"

그 소녀가 유성민을 부르는 것이 아닌가.

"네?"

유성민이 얼른 대답을 했다.

"왜요? 아니꼽고 더럽다 이거지요?"

소녀가 그 큰 두 눈을 반짝이며 유성민을 빤히 바라보며 물었다.

"아, 아닙니다!"

유성민은 마치 도둑질하다 들킨 것처럼 화들짝 놀라며 두 손을 휘휘 양옆으로 저으며 변명을 했다.

"방금 속으로 나를 막 욕하고 그러셨잖아요?"

소녀가 장난기 어린 표정으로 물었다.

"죄송합니다! 한 번만 봐주십시오!"

유성민은 변명을 하지 않았다.

"그렇다면 당신이 가장 잘하는 무술로 날 이기면 봐줄게요."

소녀가 말했다.

"뭐라고요?"

유성민은 자신의 귀를 의심했다.

국가대표급 무술의 달인으로 통하는 자신이다.

특히 태권도는 무려 6단이나 됐다.

"왜? 자신이 없어요? 경비를 서려면 싸움도 잘해야 할 것 아니에요?"

소녀가 생글생글 웃으며 물었다.

소녀는 바로 영미가 자신의 본모습을 감추려고 변장한 것이었다.

그런 영미가 장난기가 발동한 것이다.

"전 태권도가 6단인데요?"

유성민은 소녀에게 물었다.

자신이 그렇게 유단자란 사실을 알고도 대결을 하겠느냐는 것이다.

"킥킥…… 그럼 여기서 시작하지! 먼저 뺨을 10대 때리면 이기기? 어때요?"

영미가 생글생글 웃으며 물었다.

"그, 그건 좀……!"

유성민은 머뭇거렸다.

아무리 대결이라 해도 회장님 외동딸 뺨을 때릴 수야 없지 않느냐.

"킥킥…… 불공평한가. 그렇다면 이렇게 하자! 여기 이 경비원을 먼저 10대 때리는 사람이 이기는 것으로?"

영미가 담배를 안 피운다고 손을 들고 나온 경비원을 가리키며 말했다.

"그, 그런 것이 어디 있어요?"

담배를 안 피운다고 용감하게 나선 경비원은 화들짝 놀라서 소리쳤다.

왜 자신이 맞아야 하는가.

그는 공짜로 매를 맞을 수는 없었다.

"좋아요!"

유성민은 자신의 부하 직원의 항의는 무시하고 얼른 좋다고 대답했다.

그렇지 않아도 담배를 안 피운다고 날름 손들고 잘 보이려고 나선 부하 직원이 얄미웠던 그였다.

"살살 때릴게! 걱정 마!"

영미가 담배를 안 피운다고 손을 들고 나섰던 경비원 귀에다가 작은 소리로 말했다.

경비원은 그런 영미 말이 귀에 들어올 리 없었다.

자신들의 경비대장 유성민의 손이 얼마나 매운지 이미 경험을 수없이 한 그였다

그것도 한두 대도 아니고 무려 열 대라니.

경비직원은 이젠 죽었구나 하고 두 눈을 질끈 감았다.

"자! 그럼, 먼저 시작하세요!"

영미가 유성민에게 선수를 양보했다.

유성민은 번개같이 몸을 날려 영미를 공격했다.

아니 영미가 그의 공격에 겁을 먹고 뒤로 물러나면 한꺼번에 직원에게 열 대를 때릴 심산이었다.

그런데,

"크옥!"

공격을 하던 유성민 입에서 비명이 터졌다.

손가락.

희고 가느다란 영미의 손가락 하나가 자신의 팔목을 때린 것이다.

아니 때렸다고 하기보단 자신의 공격을 빗나가게 옆으로 친 것이다.

"헉! 마치 쇠꼬챙이로 맞은 것 같다!"

유성민은 그렇게 생각하며 밀려오는 고통으로 얼굴이 찌그러졌다.

유성민은 안되겠다는 생각에 영미를 직접 공격하는 것을 포기하고

곧바로 자신의 부하 직원을 공격했다.

아주 강하게 때려서 혼내주겠다는 생각에 주먹을 꼭 쥐고 부하직원 가슴을 향해 번개같이 후려쳤다.

"컥!"

비명이 터졌다.

그러나

이번 비명도 유성민 입에서 나왔다.

영미의 손가락이 다시 유성민의 팔목을 옆으로 쳐낸 것인데

"이, 이럴 수가! 겨우 손가락으로!"

유성민은 아픈 고통보다 놀라움이 더 컸다.

처음에 영미를 공격한 것은 위협만 주려던 것이었으니 쳐낼 수도 있다 생각했는데

자신의 혼신의 힘으로 공격을 한 주먹을 손가락으로 쳐냈다는 것이 믿어지지 않았다.

하나. 둘. 셋. 넷. 다섯.

유성민이 놀라서 정신을 수습하는 사이 영미의 손바닥이 담배를 안 피우던 경비원 얼굴을 마치 착하다고 만져주듯 살살 5번이나 때리고 있었다.

"킥킥…… 이제 5번 남았네요! 더 해볼 텐가요?"

영미가 물었다.

"아니요! 졌습니다!"

유성민은 역시 무술인이었다.

비록 나이가 어린 소녀지만 자신은 적수가 못 된다고 판단을 한 것이다.

"보기보단 현명하군요! 좋아요! 그럼 수고하세요."

영미가 생글생글 웃으며 엘리베이터로 걸어 들어가고 있었다.

유성민은 얼른 달려가서 문을 닫아주고 단추를 눌러주고 있었다.

"휴우……! 세상에. 저런 소녀가 있다니……"

영미가 엘리베이터를 타고 8층을 향해 올라간 후 홀로 남겨진 유성민은 놀란 가슴을 진정시키며 중얼거렸다.

"어서 오십시오!"

벽도전자 본사 건물 8층 사택까지 올라온 엘리베이터에서 영미가 내리자 기다렸다는 듯 두 남녀가 공손히 인사를 했다.

주주덕하와 지류단경이다. 천국성에서 뒤늦게 지구로 내려온 둘이다.

바로 벽화이도를 도와 지구의 청유회 분타를 운영하고 있었다.

벽도전자의 연구진이라 해야 바로 이들 둘이다.

연구진이라고 하기엔 그렇고

지구에 맞는 전자 제품을 짜 맞추고 생산하도록 설계해주는 일을 돕고 있을 뿐이다.

"고생이 많아요! 먼 오지까지 오셔서. 이도는 어디 갔나요?"

영미가 변장했던 가면을 벗고 물었다.

가면이라기보단 정교한 피부조직이라고 봐야 맞다.

얼굴에서 4개의 피부조직을 떼어내자 영미의 본래 모습으로 돌아왔다.

과학으로 만든 인공적 피부조직인 것이다.

"아닙니다! 감찰어사님 오시면 드셔야 한다고 친히 음식 준비를 하신답니다!"

지류단경이 입가에 미소를 지으며 말했다.

벽화이도가 영미를 얼마나 끔찍이 생각하고 있는지 지류단경은 알고 있었다.

매일 영미 이야기를 하루도 빼놓지 않고 하는가 하면,

영미 사진을 수시로 들여다보며 싱글벙글 웃기도 하였다.

그런 벽화이도의 모습을 지류단경이 한두 번 본 것이 아니었다.

"그래요? 그 솜씨에 음식을 만들어봐야 맛이나 있을지. 킥킥……"

영미가 생글생글 웃었다.

말은 그렇게 했지만, 영미는 알고 있었다.

벽화이도가 자신을 짝사랑하고 있다는 것을.

그리고 벽화이도 음식 솜씨가 정말 좋다는 것도 잘 아는 영미였다.

"들어가시죠!"

주주덕하가 영미에게 말했다.

허리를 굽히고 손으로 영미를 인도하면서.

"네! 얼른 벽화이도 음식 솜씨를 봐야겠네요!"

영미가 안으로 성큼성큼 들어갔다.

거실로 들어가자 넓은 거실엔 전자 회사답게 없는 것이 없을 정도로 과학의 힘이 집대성된 공간이었다.

천국성은 물론 백타성과 영미의 전용 우주선과도 수시로 영상 대화가 가능하도록 장치가 만들어져 있었고

현재 우주의 상태까지 볼 수 있는 화면이 동영상처럼 대형 모니터를

통해 나타나고 있었다.

푹신한 하얀색 가죽 소파가 기역 자로 설치되어 있고 그 소파 앞에는 탁자가 놓여 있었는데

김이 모락모락 나는 커피가 향기를 피우며 주인을 기다리고 있었다.

"앉으세요! 벽화이도님이 감찰어사님 드시라고 찻잔까지 미리 갖다 놓으셨네요!"

지류단경이 말했다.

"그럴 수야 없죠! 얼굴부터 봐야죠!"

영미는 곧바로 주방으로 들어갔다.

"어, 어서 와!"

벽화이도가 음식을 차리다 말고 영미를 발견하고 반가워했다.

"오랜만이야! 고생 많았지?"

영미가 먼저 손을 내밀었다.

"히…… 고생은 뭐."

벽화이도가 미소를 지으며 영미 손을 얼른 잡았다.

"지구에 몇 달 있더니 지구인이 다 됐네! 커피를 준비하고……!"

영미가 생글생글 웃으며 말했다.

여전히 벽화이도와 악수를 하는 손은 그대로 잡고 있었다.

"이건 지구에서 맛이 괜찮다고들 하는… 그 뭐라더라… 피자라 하더군. 한번 만들어 봤으니 맛있게 먹어!"

벽화이도가 자신이 방금 만든 피자를 오븐렌지에서 꺼내며 말했다.

구수한 냄새를 맡으며 영미가 눈웃음을 쳤다.

"가져갈게!"

벽화이도가 말했다.

그때서야 영미가 벽화이도와 맞잡은 손을 풀었다.

벽화이도 얼굴이 붉게 변했다.

"호호…… 벽화이도님도 수줍어하시는군요!"

지류단경이 벽화이도를 놀렸다.

"단경이는 벽화이도님 놀리는 재미로 살지. 크크……"

주주덕하가 한마디 했다.

"자! 어서 이쪽으로."

벽화이도가 음식을 차린 쟁반을 들고 커피잔이 있는 탁자에 올려놓으며 영미에게 앉으라는 손짓을 했다.

"시간은 돈이다! 지구인들이 주로 쓰는 말입니다! 식사를 하시면서 영상 회의를 하도록 하겠습니다!"

주주덕하가 소파 앞에 설치된 대형 모니터를 켜면서 말했다.

"감찰어사님께서 곧 우주로 나가신다고 들었습니다. 사실입니까?"

지류단경이 영미에게 물었다.

영미는 지구의 음식이라는 피자를 한 조각 들고 먹다가 지류단경의 물음에 고개를 끄떡거리며 피자를 먹고 있었다.

"그래서 이번 영상 회의는 바로 감찰어사님께서 우주로 누군가 만나러 가신다는 주제로 시작하겠습니다!"

지류단경이 말했다.

"……! 그래?"

영미는 무슨 일이 있느냐는 반문이다.

"우선 천국성에서 전해오는 소식부터 듣고 말씀드리겠습니다!"

지류단경이 주주덕하에게 눈짓을 보내며 말했다.

"먼저 박미주님의 말씀부터 들어보십시오!"

주주덕화가 스피커 볼륨을 키우며 말했다.

모니터에는 소악녀 박미주가 나타났다.

"이모! 우리 자하경은 잘 있지? 이모한테 별로 안 좋은 소식을 전하게 돼서 미안해. 다름이 아니라 이미 이야기는 들었을 테지만 백타성 헤리피민이 토양성에서 데리고 온 여자와 결혼을 했어. 그런데 문제는 헤리피민이 이상하다는 것이야. 평소 이모에게 호의적이던 헤리피민이 이모를 적대시한다는 것이 체슈틴이 전해온 이야기야. 백타성에서 연구 생산 중이던 인조인간 팀은 벽화이도가 지구로 가면서부터 차츰차츰 비밀리에 천국성으로 옮겼지만, 체슈틴이 담당하고 있는 신약 개발이나 우주 연구에 막대한 지장이 있다는 이야기야. 헤리피민이 우주공항을 철저히 독단적으로 운영하는 것은 물론, 우주에 관한 자료들도 체슈틴에게 이미 제출했던 것마저도 회수해 갔다는 보고야. 조만간 이모의 전용 우주선도 문제가 생기지 않을까 체슈틴은 염려하고 있었어."

소악녀 박미주가 모니터를 통해 영미에게 메시지를 전달했다.

"다음은 모이겸진님의 메시지를 보시겠습니다!"

주주덕하가 모니터 화면을 바꿨다.

벽화이도 후임으로 백타성 황궁 깊숙한 곳에서 인조인간 연구 생산을 담당했던 모이겸진이 모니터에 나타났다.

"안녕하십니까? 감찰어사님이 지구란 별에 가신 후 백타성에 변화가 있었습니다. 헤리피민이 결혼을 하신 후, 토양성에서 데리고 온 신부 노잉지란이 헤리피민의 일을 간섭하면서 청유회가 황궁에서 설 자리는 없었습니다. 비록 헤리피민 부인이라 하더라도 청유회 비밀 연구 자료를 보여줄 수는 없어서 비밀리에 하나둘 천국성 감찰어사님 댁으로 옮겨왔으며, 이젠 인조인간 연구 제조 모든 것을 감찰어사님 집에서 하고 있습니다. 체슈틴은 요정국왕의 보호 아래 아직은 백타성에서 청유회 분타를 운영하고는 있으나, 체슈틴도 애로 사항이 많다고 하소연합니다. 비록 외계인이라고는 하지만 왕자의 비이므로 황궁 내에서나 백타성에서 그녀의 입김은 막강합니다. 다행히 헤리쮸 태자님과 헤리향 공주님이 감찰어사님 편에 계시지만 직접적인 도움을 받을 수는 없는 형편입니다. 우주공항과 우주선 등은 전적으로 헤리피민이 관리하고 있기 때문입니다. 조심하십시오!"

모이겸진이 메시지를 마쳤다.

"흠! 노잉지란이라…!"

영미가 고개를 갸우뚱했다.

"정보에 의하면 토양성 멀리국의 공주라 합니다!"

지류단경이 말했다.

"멀리국 공주?"

영미가 다시 확인하듯 물었다.

"네!"

지류단경이 말했다.

"그래! 멀리국 왕이 노잉이란 성을 썼지. 그렇다면 오빠들 복수를 하려고 헤리피민을 따라왔다는 것인데…. 킥킥…… 그랬어! 그랬던 것이야! 헤리피민이 유혹에 넘어간 것이야! 멍청한 친구!"

영미가 미소를 지으며 말했다.

"그래서 말씀드리는데 이번 우주로 나가실 때는 우리 청유회 우주선을 이용하시는 것이……."

주주덕하가 말했다.

"걱정하시는 것은 압니다만! 그래도 친구를 믿습니다."

영미는 아직도 헤리피민을 믿었다.

"그럴 줄 알았어! 그래서 내가 선물을 하나 준비했지!"

벽화이도가 소파에서 일어서서 옆에 있는 큰 장롱문을 열고 큼직한 종이 상자를 하나 꺼냈다.

"……!?"

영미가 의아한 표정으로 바라보았다.

"벽화이도님께서 밤잠을 설치시며 연구해서 만드신 겁니다! 감찰어사님 생각해서요."

지류단경이 미소를 지으며 말했다.

"히히……."

벽화이도가 쑥스러운 미소를 지었다.

영미는 갖고 온 갑돌이 갑순이 인조인간을 벽화이도에게 전해주고 벽화이도가 준 종이 상자를 들고 다시 자하경은에게 돌아갔다.

〈7권으로〉